용을 삼킨

검 13

사도연 신무협 장편소설

ORIENTAL FANTASY STORY & ADVENTURE

dream
books
드림북스

용을 삼킨 검 13 (완결) 대의(大義)

초판 1쇄 인쇄 / 2016년 4월 5일
초판 1쇄 발행 / 2016년 4월 15일

지은이 / 사도연

발행인 / 오영배
책임편집 / 편집부
펴낸 곳 / (주)삼양출판사 · 드림북스

주소 / 서울시 강북구 도봉로 173
대표 전화 / 02-980-2112 팩스 / 02-983-0660
편집부 전화 / 02-980-2116 팩스 / 02-983-8201
블로그 / blog.naver.com/dreambookss

등록번호 / 제9-00046호
등록일자 / 1999년 3월 11일

ⓒ 사도연, 2016

값 8,000원

ISBN 979-11-313-0487-7 (04810) / 979-11-313-0111-1 (세트)

* 지은이와 협의하에 인지는 생략합니다.
* 잘못된 책은 구입한 곳에서 바꾸어 드립니다.

* 이 도서의 국립중앙도서관 출판시도서목록(CIP)은 서지정보유통지원시스템홈페이지(http://seoji.nl.go.kr)와
  국가자료공동목록시스템(http://www.nl.go.kr/kolisnet)에서 이용하실 수 있습니다. (CIP제어번호: 2016006445)

사도연 신무협 장편소설

ORIENTAL FANTASY STORY & ADVENTURE

13

대의(大義)

dream
books
드림북스

목차

第一章

아버지와 아들

초라한 초가집.

무성과 간독은 넓은 탁상 앞에 앉았다.

"……."

"……."

두 사람 사이에는 아무런 대화도 오고 가질 않는다.

무성은 가만히 입을 꾹 다물고만 있었다.

간독은 슬쩍 무성의 눈치를 보다가 땅이 꺼져라 한숨을 내쉬었다.

'대체 일이 어쩌다 이 모양 이 꼴이 된 건지.'

정말 답답하기 짝이 없는 일이다.

슬쩍 고개를 돌리니 창밖으로 밥을 하고 있는지 위로 난 굴뚝에서 연기가 솔솔 나는 게 보였다. 마당에는 정성스레 가꾼 자그마한 텃밭이 있다. 한쪽 구석에는 자르다 만 장작과 녹이 슨 도끼도 있었다.

누가 봐도 딱 은거인이 자급자족하는 모습.

한유원을 찾으러 온 자리에 무성의 아버지가 있을 줄 누가 짐작이나 했을까.

'하지만 어떻게 보면 당연한 일인가?'

간독은 곁눈질로 초가집 안을 살폈다.

살림살이는 볼 것 없이 초라하지만 곳곳에 묻어 있는 손때는 아주 오랜 세월이 녹아 있다.

'그리고 많은 사람들이 이곳에서 머물기도 했고.'

초가집은 초라해 보여도 꽤 규모는 컸다. 섬 곳곳에는 집을 허문 흔적도 있었으니 원래는 제법 많은 사람들이 머물렀음을 알 수 있다.

진가.

대대로 황실을 수호하던 가문은 사실 이런 초라하고 궁벽한 섬에서 시작했다.

하지만 지금은 모두가 잊어버린 장소니 누군가가 은둔하는 것이 이상한 일은 아니다.

그때 방문이 열리며 장년인이 쟁반에 밥과 반찬을 한가득 챙기고 들어왔다.

간독이 후다닥 달려가서 거들었다.

"에이. 영감님, 이런 건 그냥 젊은 저희들에게 맡기십시오."

"하지만……."

"보십시오. 팔 한 짝이 없을지는 몰라도 거뜬합니다."

간독은 한 손으로 쟁반 밑을 받쳐 균형을 잡는 묘기를 보이면서 후다닥 식탁으로 갖고 왔다.

장년인은 넉살 좋은 간독의 태도에 약간 놀란 눈이 되었다가 이내 살짝 미소를 지었다.

생각지도 못한 아들과의 재회로 마음이 심란한 이때, 아들의 친구가 이렇게 대해 주니 서먹서먹한 분위기가 많이 풀리는 것 같았다.

"챙긴 건 없지만 많이 드시게."

"어이쿠! 영감님도 참. 상다리 부러지도록 내오셨으면서 엄살은. 도리어 이거 저희가 살림살이 거덜 내는 거 아닌지 모르겠습니다?"

"그렇게 말해 주니 고맙구먼."

"그럼 잘 먹겠습니다."

간독은 숟가락을 들고 밥을 한 움큼 퍼서 입에 넣었다. 종류별로 무친 나물을 먹으면서 놀란 눈이 된다.

"영감님, 이것들 전부 영감님이 키우신 겁니까?"

"작년부터 소출하기 시작했지."

"오오오. 바삭바삭한 게 일품인데요? 싱싱하기도 하고. 비법이 뭡니까?"

"허허허허. 비법이랄 게 뭐 있겠나."

"에이. 너무 그러지 좀 말고, 예? 저희 애들도 이거 맛이라도 보여 주게 귀띔이라도 해 주십시오."

"허허허허허!"

장년인은 간독의 넉살이 그저 기분 좋기만 할 따름이었다.

"보기보다 너무 쪼잔하시네. 야! 너도 그렇게 멍 때리고 있지만 말고 영감님 좀 꼬셔 봐!"

간독은 묵묵히 혼자서 숟가락질만 하는 무성을 잔뜩 노려보았다.

장년인의 시선도 가만히 그쪽으로 향한다.

갖가지 감정이 시선에 섞인다.

애틋함, 안타까움, 미안함, 슬픔…….

말로는 표현 못할 것들이다.

탁!

무성은 그 눈빛을 읽기라도 한 건지 들고 있던 밥을 먹다 말고 숟가락을 식탁에 내려놓았다. 그러고는 고개를 들어 장년인을 잔뜩 노려본다.

"아무리 생각해 봐도 모르겠습니다. 이렇게 가까운 곳에 계셨으면서…… 어째서 여태 저희를 한 번도 찾지 않으셨던 겁니까?"

"……."

장년인이 합죽이가 되어 입을 꾹 다문다.

중간에 앉은 간독이 버럭 소리를 질렀다.

"얌마! 밥 먹다 말고 사람 체하게 뭔 소리야! 먹던 밥이나 마저 먹고 이야기해! 너 때문에 속만 거북해지잖아!"

무성은 간독 쪽으로 시선도 주지 않았다. 너무나 진지한 눈빛이다.

"여기에 앉아 있는 내내 생각해 봤습니다. 어째서 그런 것인지, 조금이라도 이해할 수 있을까 싶어서요."

무성은 어째서 아버지가 자신들의 곁을 떠나야 했는지에 대해서 들었다. 그것이 후계를 바라는 진성황의 욕심에서 비롯된 것이라는 얘기도.

하지만 이해는 할지라도 납득하지는 못한다.

아무리 진성황으로부터 가족들을 숨기고 보호하려 했다지만, 그가 여태 보인 행동들은 보호가 아닌 방치에 불과했으니까.

"하지만…… 그러기가 힘듭니다."

"……."

"말씀해 주십시오."

장년인은 숟가락을 내려놓더니 한숨을 내쉰다.

"끝까지 내게 '아버지'라는 말은 하지 않는구나."

"……."

무성은 입을 꾹 다물었다.

장년인의 입가에 씁쓸함이 감돌았다.

"그래. 내게 어찌 너에게 그런 욕심을 부릴 수 있을까. 모두 내가 자초한 것들인데. 용서를 구할 자격조차 없다는 것을 안다."

눈빛이 촉촉해진다.

"그래도…… 아비가 된 마음으로 아들에게 밥 한 끼 정도는 배부르게 먹이고 싶구나. 원망은 그 뒤에 들어도 괜찮지 않겠느냐?"

무성은 한참이나 장년인을 노려보다가,

슥.

결국 숟가락을 다시 들었다. 다시 묵묵히 밥을 먹기 시작한다.

"……쓰벌. 밥 먹기가 왜 이렇게 힘드냐?"

간독의 툴툴대는 혼잣말만 적막을 가득 채웠다.

＊　　　＊　　　＊

"어디서부터 이야기를 해야 할까. 강호를 유랑하던 중에 네 어미를 처음 만났을 때를 얘기해야 할까, 아니면 진아와 너를 품에 안았을 때를 얘기해야 할까."

"떠난 뒤부터 말씀해 주십시오."

"……그래. 너로서는 그런 이야기는 듣고 싶지 않은 것이겠지."

"대영반의 부름을 듣고 가셨다 들었습니다."

"알고 있구나. 맞다. 그때 나는 돌아오라는 숙부의 전갈을 받고 다시 군부로 들어가야만 했다. 어찌 되었건 간에 사신이라는 직책을 달고 있었으니까."

사신 화도.

그것이 장년인이 군부 내에서 불리는 이름이었다.

"숙부로부터 너희를 숨겨야 하는 나로서는 머나먼 북방에서 뛰어다녀야만 했다. 그렇게 몇 년이 흐른 후 우연찮게 진아에게서 한 통의 서신을 받았다."

무성의 눈이 커진다. 누이가 아버지와 연락을 하고 있었던 건가?

"대체 내 행방을 어떻게 찾은 것인지는 모르겠다만, 서찰에는 네 어미가 병으로 세상을 떴다는 내용이 담겨 있었다. 그때는 정말…… 하늘이 무너질 것만 같았어."

화도는 정말 아내를 사랑했다.

"그래서 도망쳤다. 숙부에게 반항하지도 못하고 끌려다니기만 하는 내가 미웠고, 네 어미를 죽음에 방치하게 만든 내가 증오스러웠다."

"……."

"더 이상 사신이니 뭐니 하는 굴레에 얽매이는 것도 싫어서 그냥 떠나 버렸다."

"그 선택에 저희는 없었군요."

"……미안하구나."

무성은 입술을 지그시 깨물었다.

만약 그때 이 사람이 한 번이라도 자신들을 들여다봐 주었으면 그런 일은 벌어지지 않았을 것을.

"그럼 그 뒤로 뭘 하고 계셨습니까?"

"세상을 떠돌아다녔다. 중원과 북방을 떠나서 해동으로 가 보기도 하고, 북쪽 끝의 얼음 대지에도, 서쪽으로 가서 홍모귀와 곤륜노가 사는 세상에도 가 보았지."

역시 생각했던 그대로다.

이 사람은, 자식들에 대한 마음이 눈곱만큼도 없었다.

"그러다 강호로 돌아오고 나서…… 그 소식을 듣고 말았다."

"……."

"초왕부를 부수고 싶었지만 이미 네가 손을 쓴 뒤였

고……. 결국 분노를 풀 데가 없어 다시 방황을 하다가 이런 곳까지 들어온 것이란다.”

“결국 당신은 세상으로부터 도망을 친 겁니다.”

“맞다. 이만큼 강한 힘이 있어도 나는 겁에 떨며 도망밖에 칠 줄 모르는 어리석은 놈이지.”

화도가 씁쓸하게 웃는다.

“그런 나를 이해해 달라는 말은 하지 않으마.”

무성은 초가집을 나서서 강변에 섰다.

간독은 그런 녀석의 뒷모습을 보면서 작게 중얼거렸다.

‘가족이라.’

간독은 묘한 기분이 들었다.

무성이 부러우면서도 한편으로는 이해가 간다.

자신 역시 어린 시절 부모를 여의고 나서 고아로 자라야만 했으니까. 정말 독기 하나만을 품고 여기까지 뒤도 돌아보지 않으며 쭉 달려왔다.

그래서 이따금 그런 생각이 들었다.

자신이 결혼을 하고 애를 낳아 가정을 꾸린다면, 과연 제대로 해낼 수 있을까?

부모가 어떤 것인지 본 적도 없는 자신이?

그것이 무서워서 여태 결혼을 하지 못한 것도 있었다.

자신과 똑같은 아이를 낳을까 봐. 그 처절했던 환경에 아이를 노출시킬까 봐.

하지만 무성은 경우가 그 반대다.

누이와의 추억이 있고 그 추억을 가슴에 안은 채 긴 세월을 살았다. 어찌 보면 여태껏 이만큼 달려올 수 있었던 원동력은 그 추억인지도 모른다.

그런데 여기에 여태 선을 그어 놨던 아버지란 존재가 돌아오려 한다.

당연히 배타심이 들 수밖에 없다.

그러나 또 다르게 생각해 보면 간독과 크게 다르지도 않다. 결국 두 사람 다 여태 지켜 왔던 가치관이 흔들리는 것을 무서워 할 뿐이니.

간독은 자식이 생기는 것을, 무성은 아버지가 돌아오는 것을.

'참으로 모순이로군.'

간독은 고개를 절레절레 흔들었다.

"간독이라 했던가?"

그때 화도가 조심스레 말을 걸었다.

간독은 안색을 회복하고 크게 고개를 끄덕였다.

"예. 영감님. 말씀하십시오."

"우리 아들, 잘 부탁하네."

간독은 씩 웃으면서 어깨를 당당하게 폈다. 주먹으로 가슴
팍을 두들긴다.

"맡겨만 주십셔. 사실 저 녀석, 겉으로만 저렇게 센 척하고
다니지, 사실은 비리비리해서 옆에서 제대로 안 챙겨 주면 밥
도 굶고 다닐 놈입니다."

"고마우이. 자네 같이 좋은 사람이 곁에 있어서 다행이네."

간독은 화도의 웃음이 처음으로 밝아 보인다고 생각했다.

'아, 이 부자(父子)들, 어떻게 해 주고는 싶은데.'

＊　　　＊　　　＊

"돌아가자."

밤이 되었을 때, 무성은 간독을 불러 말했다.

간독은 당연히 펄쩍 뛰었다.

"인마! 지금 시간이 몇 신데 지금 간다는 거야! 잠은 자고
가야지!"

"여기 있는 건 시간 낭비밖에 안 돼."

무성은 차갑게 딱 잘라 말했다.

어떻게든 둘의 사이를 풀어 주고 싶은 간독으로서는 한마
디를 하려 했다.

하지만,

"네가 무슨 생각을 하고 있는지 알아, 간독."

"……."

"하지만 이건 내 문제야. 우리 가족의 일이고. 더 이상 신경 쓰지 마."

"……니미."

이렇게 말하면 대꾸할 말이 없다.

"그럼 이제 어떡할 건데? 여기서 한가 놈을 찾을 방법은 없는 것 같은데."

"다시 강호를 뒤져야지."

무성은 그 말만 하고 동정호 위로 몸을 날려 사라졌다.

간독은 한참 동안 머뭇거리며 무성이 사라진 동정호와 화도가 있는 초가집을 번갈아 보다가, 이내 욕지거리를 내뱉으면서 나룻배에 올라탔다.

"같이 좀 가자고, 이놈아!"

*　　*　　*

"많이 컸더구려. 당신을 쏙 빼닮았소."

화도는 창밖으로 사라지는 아들과 아들의 친구를 보다가 이내 시선을 아래로 내렸다.

신위가 보인다. 양옆에는 향이 피어올랐다.

아내의 위패다.

"당신은…… 내가 어찌하면 좋을 것 같소?"

위패가 말을 할 수 있을 리 만무하다.

하지만 화도는 마치 눈앞에 사람이 있는 척 가만히 눈을 감아 귀를 기울였다. 정말 말귀를 알아듣는 것처럼 끄덕이기까지 했다.

그러다 살짝 눈을 떴다.

"알았소. 그것이 당신의 부탁이라면."

화도는 손을 뻗었다. 위패 뒤에 기다란 함이 놓여 있다. 뚜껑을 열자 기다란 검이 드러난다.

"들어 드리리다. 아들은 내가 지켜야겠지."

*   *   *

무성과 간독은 곧바로 낙양으로 돌아왔다.

돌아오는 동안 무성은 입을 거의 열지 않았다. 무신련에서 쉴 때도 다르지 않았다.

간독은 무슨 일이 있냐는 사람들의 질문에,

"겉으론 태연한 척해도 속은 잔뜩 곪아 있었어."

전혀 이해할 수 없는 말만 했다.

무신련이 다시 출병을 시작했다.

목표는 사천의 집무회와 장강의 흑산수로맹.

여전히 지역 곳곳에 자잘한 세력들이 남아 있지만 어차피 시간이 지난 후에는 모두 저절로 복속될 곳들이라 크게 신경 쓰지 않았다.

"군은 모두 세 개로 나뉘어 진격을 시작합니다."

이제 명실상부한 재상으로 완전히 자리를 잡은 유화는 수 많은 고수들 앞에서도 절대 주눅이 들지 않았다.

"석 군주님을 필두로 한 사자군은 사천으로 가장 먼저 진 격해서 서쪽의 평정을."

"집무회를 맡으라는 거군. 맡겨만 주시게."

석대룡은 코웃음을 치면서 주먹으로 가슴을 두들겼다.

"창붕군은 련주님을 중심으로 한 박자 늦게 장강과 동해 안을 따라 내려와 동쪽을 장악합니다."

유화는 전도에 놓인 그림을 움직였다.

사천의 집무회가 망가지면 그들은 새외나 동쪽으로 달아 날 것이고, 여기에 맞춰 흑산수로맹이 무너지면 저절로 남은 세력은 호북과 호남으로 밀린다.

"여기에 저와 함께 현무군이 후방에서 지원책을 맡다가 바로 남하를 시작합니다."

서쪽에 사자군, 동쪽에 창붕군이 좁혀 오면서 북쪽에서는 현무군이 내려온다.

결국 잔당들은 사면초가에 빠지고 만다.

"어려울 건 없습니다. 모두 만들어진 지 얼마 되지 않은 신생 세력들이라 내부 단합이 부족하고, 둘 모두 과거 남맹에 비해서도 세가 약합니다."

조철산이 묻는다.

"변수는? 없나?"

"딱 하나 있지요."

"대영반."

조철산이 깨달은 듯 무겁게 말한다.

황성에서 쫓아내긴 했어도 그는 여전히 무서운 사람이다. 강호가 그를 중심으로 뭉친다면 무서울 수밖에 없다.

"예. 하지만 걱정 마십시오."

유화가 부드럽게 웃었다.

"그가 나서기 전에 이미 강호는 모두 정리가 될 테니까요."

무신련이 장강을 건넌다는 소식이 강호에 파다하게 퍼졌다.

가장 먼저 이들을 맞닥뜨리게 생긴 흑산수로맹은 부랴부

라 사천으로 사신을 보내 연맹을 제의했다.

집무회 역시 상황이 급박한 것은 매한가지기 때문에 두 단체의 연맹은 빠른 속도로 이뤄졌다.

흑집맹(黑輯盟).

각각 앞 글자를 하나씩 따서 만들어진 이름이다.

하지만 흑집맹은 출발선부터 삐거덕거리며 잡음이 심했다.

의견을 하나로 모아 뭉쳐도 모자랄 판국에, 서로가 주도권을 잡으려는 정쟁이 벌어지니 혼란이 극심했다.

더군다나 집무회는 이참에 흑산수로맹을 우산 삼아 기회를 엿보자는 속셈이 있었기에, 당장 흑산수로맹이 무신련을 막는 데 필요한 병력 지원을 차일피일 물렀다.

이 과정에서 잡음이 더 심해지니 결국 두 단체는 서로에 대한 불신만 팽배했다.

그래도 생색은 내기 위해 병력을 지원하기는 했다.

하지만 여기에도 한 가지 계산이 깔려 있었다.

흑산수로맹이 무신련에 부서지기를 기다렸다가 남은 잔당을 모두 규합해 세를 불리라는 명령을 내려놓았던 것이다.

이참에 흑산수로맹까지 완벽하게 흡수해 세력을 키운 뒤, 육성맹과 흑산수로맹을 상대하느라 지친 무신련과 해볼 만한지 따져 볼 참이었다.

애초 집무회는 무신련과 대적하기는커녕 신하가 되어도 좋으니 인정만 받으면 된다는, 어부지리를 이용해 실익만 완벽하게 챙기겠다는 입장이었다.

이를 위해 집무회의 군은 아주 느긋하게 움직였다.

그러던 차에,

와아아아!

"무신련이다! 무신련이 나타났다!"

"대체! 대체 저들이 어찌 이곳에 있을 수 있단 말이냐!"

모두의 예상을 뒤엎고, 사자군이 갑자기 떡하니 집무회의 앞마당에 나타났다.

장강을 건너지 않고 도리어 사천의 험준한 산맥을 크게 우회해서 옆에서부터 치고 들어온 것이다.

당연히 집무회로서는 마른하늘의 날벼락이나 마찬가지였다.

이미 주요 병력 중 상당수가 나간 상태인지라, 수성을 하기가 결코 쉽지 않았다.

돌아오라고 파발을 급히 보내긴 했지만, 그들이 얼마나 빨리 돌아올 수 있을지는 미지수였다.

"어째서요! 대체! 투항을 하겠노라고 직접 조공과 사신도 보내지 않았소이까!"

집무회주는 비통에 젖어 석대룡에게 항의했다.

하지만 돌아오는 대답은 비소였다.

"후환은 더 이상 두지 않는다는 게 우리의 신조라서."

그제야 집무회주는 자신들이 저들의 계략에 도리어 놀아났다는 사실을 깨달았다.

그리고 곧 집무회와 사자군의 전쟁이 벌어졌다.

*　　　*　　　*

"사자군이 사천에 당도했단다."

간독이 서신을 갖고 와 말한다.

무성은 고개를 끄덕였다.

"그럼 우리도 출발하자."

뿌우우우!

창붕군의 진격이 개시되었다.

장강은 중원의 젖줄이다.

서에서 동으로, 엄청나게 긴 길이와 넓은 폭, 그리고 깊은 수심을 자랑해서 이곳을 경계 삼아 사수를 하려 한다면 결코 넘기가 쉽지 않았다.

하물며 흑산수로맹의 상당수는 수적.

한평생을 물길에서 살아온 그들이 있는 한 장강을 넘는 것은 결코 쉬운 일이 아니었다.

하지만 그것은 어디까지나 상당수의 병력을 밀어붙일 때에나 그렇다는 이야기.

오히려 수적을 상대할 방법은 따로 있었다.

"내가 나서겠소."

무성이 앞으로 나서니, 사람들은 모두 놀란 눈이 된다.

특히 혁만과 도강은 자신들이 나서고 싶어 하는 눈치였지만, 무성은 단호하게 고개를 저었다.

"어디서 대영반이 나타날지 모르는 상황이오. 그가 어떤 병력을 이끌고 나타날지 모르는 판국에, 병력을 헛되이 소모시킬 수는 없소. 무엇보다."

무성이 살짝 미소를 짓는다.

"하늘이 되겠노라고 말을 하였다면, 그것을 다른 사람들도 납득할 수 있게 해야겠지."

무성은 천천히 앞으로 나섰다.

출렁거리는 장강의 물결이 보이고, 저 멀리 철옹성처럼 배를 수십 척이나 두른 수채가 보인다.

배는 하나같이 화포를 겨눈 채, 사정거리에만 들어오면 갈겨 버리겠다는 듯이 무시무시한 위용을 자랑했다.

녀석들은 화포를 집중사격해 뭍에서 상당수를 제거하고, 물을 건너다 지친 무신련을 제거하겠다는 작전을 짜고 있었다.

아무리 무신련이라 해도 이대로 돌격을 했다가는 큰 낭패를 봐야만 했으리라.

아니나 다를까.

지금도 무성의 등장에 화포가 주저치 않고 하나같이 그쪽으로 몰린다.

무성이 누군지 알아봤다는 뜻이다.

쉭!

무성이 몸을 날리자, 화포가 일제히 비명을 질렀다.

퍼퍼퍼퍼퍼펑!

이대로 귀가 머는 게 아닐까 싶을 정도로 엄청난 천둥소리 같은 것이 잇달아 울려 퍼진다.

수십 척의 배가 들썩이면서 물결이 요동을 치고, 하늘을 가득 메운 시커먼 매연을 뚫고 헤아릴 수도 없는 수많은 화탄이 소낙비처럼 쏟아진다.

무성은 눈썹 하나 흐트러지지 않고 영검을 길게 뽑아 손에 쥐었다.

지이이이이—잉!

기다란 공명음과 함께,

퍼어어어어—엉!

화탄의 폭우 속으로 몸을 날린다.

마치 날랜 제비처럼 그는 가장 먼저 달려오던 화탄을 가볍게 베었다.

콰아앙, 화탄이 갈라지면서 폭발한다.

허공에서 튀어 오른 새빨간 불꽃이 무성을 삼키려 탐욕스럽게 혓바닥을 날름거리지만, 무성은 도리어 열풍을 타고 위로 떠올랐다.

쾅! 쾅! 쾅! 쾅!

영검을 내려칠 때마다 화탄이 계속 터져 나간다.

무성은 거기서 삐져나온 파편을 잇달아 밟으면서 쭉쭉 앞으로 치고 나갔다. 아무리 많은 화탄을 퍼부어도 그에게는 무용지물이었다.

"괴, 괴물이다!"

"대체 저걸 어떻게……!"

허공에 기다란 궤적을 그리며 떨어지는 무성을 본 수적들의 얼굴에 경악이 잔뜩 어린다.

"마, 막아라!"

"수채로 통과하게 해서는 안 된다!"

배들은 서로를 연결한 쇠사슬을 잡아당기면서 더더욱 철옹성 같은 태세를 갖추려 했다.

하지만,

쿠르르르르르—르!

갑자기 무성의 몸을 따라 새하얀 빛무리가 감돈다 싶더니 사방으로 팽창하면서 거인이 되었다.

천마혼.

아니, 이제는 무신혼(武神魂)이라 이름을 붙인 거인이.

삼두육비의 형상은 같지만, 색깔만큼은 칠흑빛이 아닌 오색 광채가 구름처럼 감도는 형상이다.

쿠우우우우웅!

무신혼은 강물 위에 떨어지자마자 여섯 개의 팔을 일제히 철옹성 위로 내려쳤다.

"으, 으아아아악!"

"괴물이다!"

팔의 악력이 얼마나 센지, 단단한 용골이 그대로 으스러지면서 반 토막이 난다. 선두와 선미가 접히는 처참한 사태와 함께 다섯 척의 배가 그대로 장강 아래로 가라앉았다.

그나마 무사한 다른 배들은 두려움에 젖었으면서도 화포를 돌려 무신혼이 있는 쪽으로 쏴 댔다. 덩치가 크니 빗나갈 염려는 없었다.

무신혼의 몸뚱이 위로 휑한 구멍이 숭숭 뚫린다. 하지만 그 위로 오색 물결이 찾아와 금세 형체가 복구된다.

무신혼은 별로 가렵지도 않다는 듯이 어기적어기적 수채 쪽으로 거슬러 올라가면서 방해가 되는 배들을 모조리 쳐 냈다.

팔을 휘두를 때마다 돌풍이 불고, 벼락이 떨어지고, 불비가 내린다.

그야말로 자연재해가 한데 몰려오는 모양새에 수많은 배들이 어이없이 침몰을 계속한다.

살려 달라면서 물가로 몸을 던지는 수적이 있는가 하면, 어떤 녀석은 부서진 나무판자를 쥐고 출렁이는 물결에 몸을 맡겼고 조각배에 타서 도망을 시도하는 녀석들도 있었다.

하지만 무신혼이 움직이는 까닭에 물살이 너무 거센 나머지 대부분의 수적들은 그대로 익사를 하고 말았다.

결국 무신혼이 수채에 다다랐을 때,

"어, 어떻게 이런……!"

"무신련도 아니고, 그저 한 사람에게 이렇게 박살이 나다니……!"

수적들은 자신들의 머리 위로 드리운 짙은 그림자를 보면서 깨달았다.

말로만 듣던 무신이 어떤 존재인지.

무신이 강호에 주는 의미가 얼마나 대단한 것인지.

하지만 이 모든 사실을 알았을 때는 이미 모든 게 늦은 뒤였다.

무신혼이 그대로 여섯 팔을 수채 위로 내려친다.

콰아아아아아─앙!

상황을 지켜보던 본대 쪽은 모두 입을 쩍 벌렸다.

"······괴물이시군."

"아니지. 무신이신 거지."

"천마라고 했으면 좋겠는데."

어떤 단어가 되었건 간에 무성이 무신련에 가져다준 충격은 그만큼 강했다.

단순히 신위에 놀라서 그런 것만은 아니다.

기련산에서부터 몇 번씩 그가 싸우는 모습을 목격했으니.

하지만 정작 놀라운 것은,

"그새 더 강해지신 것 같아."

그사이에도 무성이 끝을 모르고 발전을 계속한다는 점이다.

원래 성격이 부지런해 무엇이든지 안주하지 않고 열심히 하는 성격이란 건 알고 있었지만, 남들은 끝이라고 생각하는 경지를 밟고도 계속 발전할 수 있다는 건 너무나 대단한 거였다.

덕분에 최근 들어 발전이 없어 미적거렸던 사람들은 다시 자신을 돌아볼 계기가 되었다.

쿠쿠쿠쿠······.

그사이 이미 수채는 거의 박살이 나 원래의 효용이 끝나 버린 뒤였다.

살아남은 수적들은 하나 같이 정신이 멍해져 거인을 바라보기만 한다. 어느새 물살도 거의 잠잠해졌다.

그때 거인을 둘러싸고 있던 오색 광채가 사라졌다.

잠시 후, 뭍으로 무성이 다시 나타났다. 한 손에는 누군가의 뒷덜미를 쥔 채 질질 끌고서.

무성은 녀석을 본대 앞에다 집어던졌다.

"누구냐, 이건?"

간독이 턱짓으로 괴한을 가리킨다. 눈빛이 흐리멍덩한 것으로 보아 이미 정신이 반쯤 나간 상태였다.

"백룡채주."

"아, 너한테 덤빈 미친놈이 이놈이었어?"

간독은 피식 웃으면서 자세를 숙여 백룡채주와 눈높이를 맞췄다.

여전히 정신을 못 차리는 녀석의 뺨을 갈긴다.

짝, 짝!

백룡채주는 그제야 정신이 들었는지 허우적대면서 주변을 두리번거렸다. 그러다 팔짱을 끼고 자신을 내려다보는 무성을 발견하고 안색이 시퍼렇게 질렸다.

"사, 사, 살려만 주십시오!"

몸을 바짝 엎드리며 싹싹 빈다.

무성은 녀석을 가만히 보다가 휙 옆으로 몸을 돌려 사라졌다. 더 이상 대꾸할 가치가 없다고 여겼다.

다른 사람들도 눈치를 보다가 무성의 뒤를 따라 사라진다.

백룡채주 옆에는 간독만 남았다.

애원에 찬 눈빛이 간독에게 향한다.

"보, 보물이 있습니다! 모, 몸값을 지불하라면 어, 얼마든지 내어 드릴 테니……!"

"정말?"

"그, 그렇습니다!"

"얼마나 있는데?"

"원하시는 만큼이라면……!"

"그렇게 많단 말이지?"

씨익!

씨, 씨익?

간독을 따라 웃는 백룡채주의 입꼬리가 어색하게 파르르 떨렸다.

"아아아아악!"

백룡채주의 비명소리가 뒤쪽에서 울린다.

"저대로 놔둬도 됩니까?"

"놔둬. 당분간 수적들을 털어서 군자금으로 삼는다고 들었으니까."

"……도로 수적을 털다니, 간독 님도 참 독하시군요."

무성의 말에 수하는 고개를 절레절레 흔들었다.

*   *   *

나흘 뒤.

주요 나루터인 의창이 함락되었다.

엿새 뒤.

호북 물줄기의 중심, 무한이 무신련에게 손쉽게 함락되었다.

하지만 그래도 무신련은 장강을 넘지 않았다.

도리어 장강을 따라 동쪽으로 방향을 꺾었다.

이참에 장강에 존재하는 모든 수적들을 정리할 태세였다.

보름 뒤.

동정호에서 드디어 무신련과 흑산수로맹의 전면전이 벌어졌다.

동정호는 중원의 척추이자, 장강의 심장이다.

이곳을 내놓게 된다면 흑산수로맹으로서도 따로 반격을 꾀할 방법이 없었다.

하지만 수채를 세워 모인다고 한들, 도리어 각개격파만 당할 수가 있기 때문에 이번에는 작전을 바꿨다.

동정호에 있는 수많은 군도(群島) 곳곳에 숨어 유격전을 펼치자는 것이었다.

이렇게 되면 무신련에 이길 수는 없을지라도, 최소한 진격을 막을 수는 있을 터였다. 생각보다 피해를 크게 해서 다른 곳으로 우회를 하게 만들자는 전략이었다.

동정호만큼은 지키자는 생각이었지만.

결국 나흘간의 공방전 끝에,

화르륵!

동정호에 있는 열여덟 개의 수채가 모조리 불길에 휩싸이고 말았다.

흑산수로맹은 통한의 눈물을 흘리면서 다시 후퇴를 해야만 했다.

한 달 뒤.

진격은 빠른 속도로 이뤄져 안휘도 금세 무신련의 손에 들어오기 시작했다.

옛 검존의 검룡부 잔당 세력들이 잠깐 얼굴을 비친 것 같다는 척후의 보고가 있었지만, 충돌은 없었다.

한 달 하고도 보름 뒤.

안휘가 모두 무신련의 손에 떨어졌다.

드디어 운하에 발을 내디뎠다.

두 달 뒤.

운하와 동해안을 따라 창봉군은 그대로 아래쪽으로 밀고
들어갔다.

그야말로 파죽지세.

어느 누구도 그들을 막을 수는 없어 보였다.

그 뒤로도 맞닥뜨리는 수채들은 오로지 무성의 몫이었다.

무성은 화포를 마구 갈겨 대는 녀석들 위로 모습을 드러내
면서 일말의 동정도 보이지 않았다.

무신혼으로 현신(現身)한 뒤에는 자신에게 적대 행위를 한
자들에게 가차 없이 징벌을 내렸고, 투항을 한다고 해도 제대
로 받아들이지 않았다.

이러쿵저러쿵해도 흑산수로맹의 근간은 도적 떼.

이참에 평소 양민들을 괴롭히고 약탈을 일삼던 녀석들을
한데 싹 정리할 좋은 기회라 여겼다.

장강이 창봉군의 손에 전부 떨어졌다.

흑산수로맹으로서는 미칠 노릇이었다.

"투, 투항이 반려되었습니다!"

"제기랄! 도대체 무신련주는 무슨 생각이란 말이냐!"

맹주 수룡왕(水龍王)은 정말 제자리에서 펄쩍 뛰고 싶었다.

이대로는 세력이고 뭐고 아무것도 남지 않는다는 생각에 몇 번이고 무신련에다 투항 전서를 보냈다.

하지만 그때마다 돌아오는 대답은 딱 두 글자.

불가(不可)

너희들의 운명은 우리가 정할 것이라는 뜻이다.

한 마디로 저들은 무조건적인 항복을 요구하는 것이다. 아니, 어쩌면 그런 항복조차도 그냥 무시하려는 것일 수도 있다.

수룡왕은 머리를 쥐어뜯었다.

투항이 안 된다면 결국 싸울 수밖에는 없지 않은가.

물론 아직 버틸 만한 능력은 충분히 있다.

무신련의 기세에 겁을 먹어 상당수의 병력을 뒤로 뺐고, 여전히 운하는 이쪽에서 통제하고 있으며, 맹의 전력 중 절반인 산적이 뒤를 받치고 있다.

하지만 그렇다고 한들, 운하는 곧 저들의 수중으로 떨어질 것이고, 땅에서 싸운다면 오히려 무신련은 더 팔팔 날아다닐 것이다.

무엇보다 맹의 사기가 이미 바닥에 떨어졌다.

하루에도 몇 명씩이고 군영을 이탈했다는 보고가 올라온다.

그때마다 머리를 쳐서 모두가 잘 보이는 곳에다 효수를 하라고 했지만, 이 방식도 언제까지 사용이 가능할지가 미지수다.

결국 이대로 가만히 앉아 몰락을 기다리는 수밖에 없는 걸까?

하루하루 두려움에 떨면서?

그런 그때,

"수룡왕은 그래도 나름대로 수적치고는 쓸 만하다고 여겼건만. 결국 수적 나부랭이는 어쩔 수 없는 건가?"

"누구냐!"

수룡왕은 등 뒤가 서늘해지자, 옆에 항상 챙겨 두던 도끼를 들었다.

스르르르.

뒤로 돌아보니 창가에 한 사내가 앉아 있었다. 사내는 입가에 냉소를 짓고 있었다.

그를 알아본 수룡왕의 눈썹이 파르르 떨렸다.

"남궁준……."

"많이 컸구나, 수룡왕. 조부님의 발바닥이나 핥던 개새끼가 이제 동네 산자락의 우두머리가 되었다고 짖을 줄도 알게 되고."

같은 신주삼십육성이라도 그 속에는 급이 있듯이, 수룡왕은 원래 검존에게 충성을 맹세하던 여러 고수 중 한 명이다.

남궁준은 그런 검존이 가장 아끼던 손자였다.

남궁가주였던 남궁대성의 차남으로, 자신의 형을 꺾고 차기 가주 자리를 노린다는 말이 나올 정도로 뛰어난 재능을 지녀 검존의 총애를 받았다.

그러다 검룡부가 무너지면서 주요 가신들과 함께 자취를 감추었다는 말을 들었건만, 갑자기 여기서 모습을 드러낼 줄이야.

"설마하니 내가 과거의 나라고 생각하는 건 아니겠지?"

수룡왕은 짙은 투기를 드러냈다.

무신련주에게 쉴 새 없이 당한다고는 하나, 그 역시 몇 년 사이에 강호를 주름잡은 고수다.

도끼처럼 투박하면서도 날카로운 기세에 실내가 뜨거운 열풍에 잠긴다.

수룡왕에게 남궁준은 자신이 지난날에 겪었던 치욕을 되새김질하게 만드는 존재다. 제거할 수 있다면 빨리 치워 버리는 게 상책이다.

하지만 남궁준은 눈썹 하나 흐트러지지 않는다.

"경고하건대, 거기서 움직이지 않는 게 좋을 것이다. 개."

"무슨……!"

흠칫.

수룡왕은 몸이 뻣뻣하게 굳어지는 걸 느꼈다.

"대……체 언제……!"

숨통이 턱턱 막혀온다. 눈가가 붉게 달아오른다. 공력이 움
직여지지 않는다.

독이다.

"역시 범이 사라진 자리에는 여우가 대장 노릇을 한다더니.
수룡왕, 수룡왕, 그러더니 별 것 아니었어."

원래 수룡왕이 앉았던 자리에는 다른 사내가 다리를 살짝
꼬며 앉아 있었다. 재미없다는 듯 시커먼 눈으로 수룡왕을 바
라본다.

"당수형……?"

"호오. 그래도 미천한 눈께서 날 알아보시는군?"

당수형 역시 독존이 아끼던 손자 중 한 명.

이로써 과거 쌍존맹을 이루던 검룡부와 만독부의 후계자
들이 모두 이 자리에 있는 것이다.

아니, 그뿐만 아니다.

방 일대 곳곳에 보이지 않는 눈, 수십 개가 있었다.

이걸 어째서 여태 깨닫지 못한 건지, 수룡왕은 이들이 마음만 먹었다면 진작 자신의 목이 달아났을 거란 생각에 등골이 저절로 서늘해졌다.

"쌍……존맹의 후예들인가……?"

"그래도 어깨 위에 있는 게 장식은 아니라서 다행이구나."

남궁준이 히죽 웃는다. 마치 기특하다는 듯이. 마치 키우는 개에게 보이는 듯한 미소다.

수룡왕은 이를 악물며 물었다.

"원하는 게 뭐냐?"

죽일 수 있는데도 불구하고 살려 뒀다는 것은 무언가 요구할 것이 있다는 뜻이다.

"자리."

"무슨 자리?"

"뭘 당연한 질문을 하느냐."

남궁준의 눈빛이 차갑게 빛을 발한다.

"무신련주의 머리통을 자를 수 있는 자리지."

第二章

복수를 바라는 자들

수룡왕은 가만히 남궁준과 당수형을 쳐다봤다.

"진담이냐?"

"당연한 소리를."

그제야 수룡왕은 깨달았다.

이 둘은, 정말 자신들이 무신련주를 잡을 수 있다고 단단히 믿고 있었다.

그 모습이 웃겨서 자기도 모르게 웃음보를 터뜨린다.

"푸하하하핫!"

남궁준은 전혀 생각지도 못한 반응에 인상을 와락 찡그렸다.

"뭐가 웃긴 거냐?"

"하하하하하하하하핫!"

"수룡왕! 네놈이 감히!"

남궁준의 눈가에 살기가 일렁였다. 당장이라도 수룡왕의 머리통을 잘라 버릴 기세였다.

하지만 수룡왕의 웃음은 그치질 않는다. 몸이 마비된 덕분에 웃는 것도 자유롭지 않아서 입가에서 침이 질질 흘러내린다.

"키키키키킥!"

"수룡왕!"

"닥쳐라, 애송이!"

"······!"

남궁준은 순간 흘러나온 수룡왕의 기백에 흠칫 놀라고 말았다.

"그동안 어디 동굴에 틀어박혀 있느라 세상 물정만 모르나 했더니, 과거도 다 잊어버린 것이냐? 뭐? 무신련주의 머리통을 자르겠다고? 너와 당수형, 둘이서?"

"우리에겐 쌍존맹이 있다."

"그래 봤자지!"

"네놈 따위가!"

"할 줄 아는 말은 그것밖에 없나? 그렇다면 고스란히 그

말을 돌려주지. 네놈 따위가? 무신련주를 잡아? 쌍존맹 따위
가, 뭘 어쩐다고?"

태어나서 처음으로 겪은 수모에 남궁준의 얼굴이 붉으락푸
르락해졌다. 하물며 그것이 여태 기르던 개라고 생각했던 녀
석에게 당한 것이라 충격은 더 크다.

"남궁 형, 아무래도 사냥개를 잘못 고른 것 같소. 이놈을
처치하고……"

"잠시만 기다려, 당 아우."

당수형은 당장에라도 남은 독을 살포하려 했다.

하지만 남궁준은 손을 뻗어 그런 당수형을 막았다. 이를
바득바득 갈고 있지만, 당장 그들에게는 수룡왕이 필요했다.

그게 더 수룡왕의 비웃음을 자극했지만.

"이미 그 마음가짐에서부터 틀려먹었다는 거다, 애송아."

"……참는 데에도 한계가 있다."

"그럼 계속 참아 봐."

남궁준은 속이 부글부글 끓었다. 그래도 참는 게 전부였
다.

대체 어쩌다 이렇게 됐을까?

분명 녀석의 목줄을 틀어쥐고 있는 것은 자신들인데, 도리
어 자신들이 궁지로 내몰리고 있다.

"한 가지만 물으마. 너희들이 이 세상에 나왔다는 것은 과

거 검존과 독존만큼 실력을 키웠다는 뜻이겠지?"

"당연한 소리를."

"나는 얼마 남지 않았다."

남궁준은 눈빛을 흉흉하게 발하고, 당수형은 팔짱을 끼며 수룡왕이 뭐라고 말하려는지 귀를 기울였다.

"그러니까 너희들은 안 된다는 거다."

"뭐?"

"그새 잊었나? 검존은 무신에게 당한 게 아니다. 처참하게 발린 거지. 그를 잡으려고 만들었던 궁창원과 함께 송두리째. 그런데 뭐? 고작 검존 정도로 잡겠다고?"

"……."

수룡왕은 이번엔 당수형을 봤다.

당수형은 자기도 모르게 움찔 뒤로 물러섰다. 팔짱이 살짝 풀린다.

"독존에도 닿지 못했다면 일말의 가치도 없다. 무신련의 심장부에까지 들어갔으면서도 몰살을 당하지 않았더냐?"

"그건 과거의 무신이지, 지금은……!"

"그래. 한낱 제자일 뿐이지. 나이도 그대들보다 어릴 테고. 하지만 그게 뭐?"

남궁준과 당수형은 결국 입을 꾹 다물고 말았다.

수룡왕은 코웃음을 쳤다.

"장담컨대 지금의 무신련주는 자신의 스승보다 훨씬 강하다."

"말도 안 돼!"

"말이 된다. 나도 네놈들처럼 생각했었지만 당했으니까. 놈과 최근까지 싸웠던 건 방구석에 처박혀서 세월아 네월아 했던 너희들이 아니라, 바로 이 몸이다."

"……."

"……좋다. 그럼 네놈의 말이 전부 옳다 치자."

"치는 게 아니라 진짜다."

남궁준은 끝까지 말을 지지 않으려는 수룡왕을 보며 더더욱 이를 바득바득 갈았다.

"그래. 그렇다면 너 역시 무신련주를 이기기란 요원하지 않은가?"

"아쉽게도."

수룡왕은 당당하게 수긍했다. 그러면서 이번엔 자조의 빛을 띤다.

"지금은 이렇게 몰락만을 기다리며 보고 있는 처지지. 너희 같은 한낱 애송이들 따위에게 당할 정도로 망가졌으면 뒷일이야 불을 보듯 뻔한 일이 아닌가?"

자신을 저렇게 깎아내리니 이제는 화를 낼 겨를도 없다. 생각한 것 보다 상황이 급박해 보인다.

"넌 그럼 이대로 가만히 있기만 할 셈인가?"

"그럴 수야 없지."

"그럼?"

"하늘이 이렇게 내 편을 보내 주었는데 왜 가만히 있는단 말이냐?"

수룡왕의 말에 남궁준과 당수형의 눈이 살짝 커진다.

"무슨 말을 하고 싶은 거지?"

"나와 손을 잡자. 어차피 너희들이 필요한 건 무신련주의 목, 나는 무신련의 세력이니 서로가 나눠 가지면 될 일이 아니냐?"

수룡왕은 도리어 역으로 제의를 해 왔다.

"좋은 생각이라도 있나?"

"물론."

기회를 찾은 수룡왕의 두 눈이 번뜩였다.

*   *   *

무성은 바다와 장강이 이어지는 운하를 보다 건너편에서 거대한 진영을 갖춘 흑산수로맹을 확인했다.

옆으로 간독이 다가온다.

"이번에도 항복 의사를 거부했다며?"

"어."

"귀찮게 왜 그래? 일단 받아 주고 뒤통수 한 대 때리면 되는 거 아니냐?"

"저들을 더 크게 흔들어야 대영반이 나올 테니까."

"흑산수로맹 뒤에 대영반이 있다고 아예 확신을 하는 거구만."

무성은 고개를 끄덕였다.

"그렇지 않다면 왜 여태 모습을 비치지 않는지 이해가 가지 않으니까."

"그때 다쳤었다 하더라도 이미 몸은 어느 정도 거의 나았을 테고. 확실히 그도 그렇긴 한데. 흠! 그럼 이번에도 혼자 나서겠구만?"

"아마도?"

"아마도는 뭐가 아마도야? 이미 생각 정리 다 끝났으면서."

간독은 투덜거리다 살짝 인상을 굳혔다.

"그래도 이번에는 잘 생각해라. 뭔가가 있다는 생각이 자꾸들어. 수룡왕이 나왔다는데, 아무 생각 없이 대가리만 내밀고 있지는 않을 것 아냐?"

"그렇겠지. 그래서 뭔가 알고 있으니까 지금 말해 준 건 아니고?"

"······귀신같은 새끼."

간독은 자신을 너무 잘 파악하고 있는 무성을 보며 가볍게 욕지거리를 내뱉고는 말했다.

"남맹."

무성은 바로 알아들었다.

"쌍존맹의 잔당이 아직 남아 있었나?"

"그렇더만. 하여간 바퀴벌레 같이 잘 살아남아요."

무성은 피식 웃었다.

"대체 그건 어떻게 알아낸 거야?"

간독은 검지로 관자놀이를 톡톡 두들겼다.

"머리를 썼지. 강호로 돌아온 후로는 더 이상 뒤통수를 맞지 않게 조심해야 되니까."

야별성이니 황룡각이니 하는 것들이 나오면서 워낙에 고생을 했던 터라, 이번에는 만반의 준비를 갖췄다.

"게다가 세상 물정을 모르는 건지, 아니면 멍청한 건지, 쌍존맹이 여태 숨겨 뒀던 안가를 바탕으로 숨어 있더라고. 그래도 독이 바짝 올라 있어서 섣불리 건드리진 않고 놔둬 봤는데, 뭐."

간독은 어깨를 으쓱거렸다. 저렇게 빤하게 움직여서야 뭘 하는 건지 모르겠다는 태도다.

"녀석들이 대영반과 접촉했을 가능성은?"

"아예 없다고는 말 못 하지."

"그렇다면 정면에서 부딪치면 안 돼."

"동감이다."

잔당이라 해도 쌍존맹의 고수들이 합류를 했다면 흑산수로맹은 더 이상 단순한 무력 집단으로 보기 힘들다. 전력이 배가량 늘었다고 봐야 한다.

무성은 잠깐 고민하다가 입을 열었다.

"그렇다면 안에서부터 흔들어야겠어."

"좋은 생각이라도 있냐?"

무성은 말없이 웃었다.

달이 깊이 내려앉은 시각.

스르릭!

무성은 어둠 속으로 숨어 표홀하게 몸을 날렸다.

능공허도의 수법을 발휘하며 날아가는 터라, 흑산수로맹의 군영을 지키고 있던 숙위 무사들은 어느 누구도 무성의 접근을 알아보지 못했다.

무성은 이미 경지에 다다른 무영화흔을 펼쳐 어둠에 녹아들면서 천천히 군영 사이를 누볐다.

기감을 확대한다.

아마 쌍존맹과 접촉을 한 게 사실이라면 군영을 따로 떼 놨거나, 같이 붙어 있더라도 그들이 있는 곳은 눈에 쉽게 띄지 않는 곳에 설치했을 가능성이 크다.

수룡왕은 분명 쌍존맹을 비수로 사용하려 들 테니까.

본래 이렇게 넓은 군영에서 원하는 것을 찾기란 모래사장
에서 바늘을 찾는 것만큼이나 어려울 테지만, 무성에게는 그
렇게 어려울 게 없었다.

영통안을 활짝 열어 묵혈관법으로 세상이 어떻게 흐르는지
를 확인하면 되니.

아니나 다를까.

유독 결이 많이 모여 헝클어지는 곳이 보인다.

무성은 그곳을 향해 움직여 한 곳에 멈췄다.

군영 한가운데에 위치한 초라한 막사.

하지만 안쪽에서 풍기는 기운은 절대 만만치 않다.

혹시나 하는 생각에 조심스레 안쪽으로 녹아내린다.

그곳엔 전라의 남자와 여자 다섯이 침상에서 뒹굴고 있었
다.

특히 도적처럼 덩치가 크고 턱수염이 자글자글한 사내에게
서는 묵직한 기운이 담겨 있었다.

'수룡왕.'

아무래도 암살의 위협을 우려해 취침은 대막사가 아닌 다
른 곳에서 하는 모양이다.

무성은 녀석의 정체를 깨닫고 아주 잠깐 멈칫거렸다.

정사에 몰두를 하느라 위쪽은 신경도 쓰지 않는다. 마음만 먹는다면 바로 목을 벨 수 있을 것 같았다.

하지만 무성은 섣불리 공격을 감행하지 않았다.

녀석과 같이 있는 여인들도 전부 무공을 익힌 상태였고, 무엇보다 이 막사는 동떨어져 있는 것 같아도 유사시에 얼마든지 무사들이 모일 수 있는 곳에 위치했다.

자칫 소란이 벌어지면 만 명도 넘는 대군의 틈바구니에 섞일 수가 있다.

더군다나 그 사이에 쌍존맹이 도망친다면?

무성은 고개를 털었다.

'일단 물러서자.'

흑산수로맹의 군영 안에 있는 한 얼마든지 만날 수 있다. 지금은 원래의 목적인 쌍존맹을 찾아야겠다는 생각에 다시 움직인다.

무성은 군영의 배치와 구조를 머릿속에 차곡차곡 담으면서 한참이나 떨어진 곳으로 움직였다.

그곳에 낯설지 않은 것이 보인다.

혼명이다.

'역시 대영반과 관련이 있었어.'

무성은 그 위로 섰다.

막사 안에서는 두 사내가 한창 기막을 둘러치고 뭔가에 대해서 심각하게 이야기를 나누는 중이었다.

'검존과 독존의 후예인가?'

무신 백율이 자신을 만들었듯, 검존과 독존도 후손을 남긴 게 전혀 이상하지는 않다. 다만, 그사이에 스승들의 진전을 모두 수습한 것을 보니 혼명의 도움을 일정 부분 빌린 듯했다.

무성은 영통안을 기막 안쪽으로 밀어 넣어 그들의 대화를 엿들었다.

"어쩔 생각입니까?"

당씨 사내, 당수형이 묻는다.

남궁준은 팔짱을 끼며 인상을 살짝 찡그렸다.

"도와야겠지. 어차피 그럴 생각이 아니었나?"

"하지만 한낱 도적 따위에게 끌려가기는 싫습니다! 이러기 위해서 지난 몇 년간 고생을 했던 것은 아니지 않습니까?"

"나 역시 동감일세. 하지만 당장 수가 없지 않나."

"그럼……!"

"아니. 수룡왕은 치면 안 돼. 아직 이용 가치가 있어."

"흠!"

당수형은 여전히 마음에 들지 않는다는 듯 씩씩거리며 발끝으로 땅을 걷어찼다.

남궁준은 자신의 심기를 대신 표현해 주는 것 같아 조금 속이 시원했다.

차갑게 웃는다.

"그래도 멀리 보세. 당장 눈앞에 있는 이득을 취하려는 도적과 우리의 차이가 무엇인가? 상황을 대국적인 관점으로 볼 수 있다는 게 아닌가?"

당수형은 가만히 고개를 끄덕였다.

"어차피 이번 일만 순조롭게 풀린다면 수룡왕과 무신련주, 둘 다 공멸을 면치 못할 터. 이제 우리는 그걸 뒤에서 뜻대로 조작만 하면 되는 것이야."

그제야 당수형은 마음이 풀리는지 히죽 웃는다.

"놈이 지을 표정이 궁금하군요."

"동감일세. 자신은 우리를 이용한다 생각하고 있겠지만, 쥐새끼가 날뛰어 봐야 쥐새끼라는 건 달라지지 않으니."

당수형은 주변에 아무도 없는 걸 알면서 조심스럽게 물었다.

"하면 이제 정확히 뭘 하면 되겠습니까?"

"수룡왕의 말대로라면 무신련주는 병력의 손실을 최소한으로 하기 위해서 직접 발 벗고 나선다 하니, 이 틈을 노려야 하지 않겠나? 나는 수룡왕이 말한 대로 무신련주를 맡도록 하지."

무성이 이번에도 홀로 군영에 몸을 날릴 것이라 판단한 수룡왕은, 차라리 그럴 것 같으면 아예 맞아 주자는 쪽으로 가닥을 잡았다.

어차피 어떻게 할 겨를이 없으니 녀석의 오만함을 이용하자는 것이다.

수룡왕은 자신이 각별히 아끼는 고수들을 낼 것이니, 여기에 쌍존맹도 가세하라고 했다.

제아무리 무성이 날고 긴다 한들, 흑산수로맹과 쌍존맹, 두 세력의 중추를 한꺼번에 대적할 수 있을까 하는 생각에서였다.

차륜전으로 번갈아 가면서 무성과 싸운다면 충분히 승산이 있을 수 있었다.

당장에는 그만한 작전이 없을 것 같았다.

하지만,

"아우는 뒤로 빠지게."

"그게 무슨 말씀이십니까!"

"말 그대로네. 아우는 다른 일을 해 주게. 우리에겐 아주 중요한 일이야."

"무슨······!"

"몸이 날랜 사람들을 붙여 줄 테니, 무신련의 후방을 유린하시게."

"예? 어찌 그런 단순한 일이 중요하다 하십니까?"

남궁준은 이 무식하기 짝이 없는 당수형을 보니 가슴이 답답해지며 욱하는 것을 느꼈다.

독존이 왜 이런 녀석보다 오만하고 세상 물정 모르는 독사갈을 더 예뻐했는지 알 것 같았다. 최소한 독사갈은 영민하기라도 했으니.

"무신련주를 잡는다 한들, 무신련의 전력이 남아 있어서야 어찌 대계를 이루겠나? 자네가 후방을 휘저어 주면서 좀 어지럽게 해 놔야 저들도 전력이 깎여 나가지."

"아."

"그리고 무엇보다 우리를 상대하느라 정신이 없을 무신련주가 조급한 나머지 몸을 뒤로 내빼려 할 테니, 자네가 뒤를 손봐 두면 우리는 좀 더 유리해질 수 있을 것이고."

남궁준이 차갑게 웃었다.

"나 역시 그때를 틈타 자리를 이탈할 걸세. 그럼 무신련주는 수룡왕을 잡게 될 테고, 후방으로 이동하다 우리와 다시 만나게 될 테니……."

"그때는 지친 녀석을 바로잡을 수 있다는 것이군요!"

"그렇다네."

그래도 정말 뼛속 깊이 아둔한 건 아닌 모양이다.

당수형의 눈이 크게 반짝거린다. 남궁준의 손을 꽉 붙잡으며 고개를 푹 숙인다.

"역시 남궁 형밖에 계시지 않습니다! 이 아우가 형님을 뵙지 않았더라면 어찌 이곳까지 올 수 있었겠습니까?"

"아우에겐 부끄러울 따름이네."

남궁준도 훈훈한 표정으로 당수형의 손을 쓰다듬었다.

"우리에겐 이제 남아 있는 게 이것밖에는 없다네. 투지. 설욕. 복수. 이 세 가지만을 가슴에 품고 앞으로 달려가세. 그게 선조분들과 우리에게 기회를 주신 대영반께 은혜를 갚을 길이 아니겠나?"

"예."

두 사람은 우정을 되짚으려는 듯 훈훈한 분위기를 연출했다.

그 순간,

"누구냐!"

쐐애애애애액!

갑자기 남궁준이 당수형과의 악수를 풀더니 검을 뽑아 천장으로 검기를 날렸다.

좌악!

막사의 지붕이 살짝 찢겨 나가며 달빛이 안쪽으로 들어온다.

그곳엔 아무도 없었다.

"왜 그러십니까, 형님?"

당수형의 눈이 살짝 커진다.

남궁준은 눈매를 좁히며 천장을 계속 노려보다가 검을 안쪽으로 밀어 넣었다.

"아닐세. 아무래도 내가 너무 긴장을 했나 보군."

남궁준은 뒷머리를 벅벅 긁었다.

"이거 미안해서 어쩌지? 안 되겠어. 오늘은 아우가 내 막사에서 주무시게나. 이곳보다 훨씬 넓고 위치가 괜찮아서 자기에 쾌적할 게야."

"아닙니다. 형님은 원래 형님의 것을 쓰십시오."

"하지만……."

"당장 내일이라도 전투가 시작될지 모르는데, 저도 준비해야 할 게 많습니다. 오늘은 운치 있게 달이라도 구경하면서 자도록 하겠습니다."

"나는 언제나 도량이 넓은 아우를 보며 감탄을 할 뿐이라네. 나는 언제쯤이라야 그만큼 될 수 있을지."

"과찬이십니다."

"그럼 오늘은 이만 잘 주무시도록 하게."

"편히 주무십시오."

남궁준은 당수형과 둘도 없을 형제애를 보이며 막사를 나섰다.

당수형은 막사 밖까지 나가 손을 흔들다가 더 이상 그가 보이지 않자, 막사로 돌아오며 표정을 굳혔다.

여태 보였던 모습은 가면이라는 듯 싸늘하기 짝이 없는 얼굴이다.

"지랄하는군."

차갑게 중얼거리며 위를 쳐다본다.

쉭!

그때 그림자가 앞으로 툭 떨어졌다.

무사는 오른쪽 팔뚝을 베였는지 왼손으로 상처 부위를 누르며 이를 악물고 있었다.

"몸은 괜찮으냐?"

"죄……송합니다."

"멍청한 것. 내 그리도 조심하라 일렀거늘."

당수형은 손을 뻗어 그림자의 상처 부위를 살폈다.

"손을 치워라. 치료를 해야 하니."

무사는 면목이 없다는 듯 고개를 푹 숙이며 손을 천천히 내렸다.

남궁준을 감사하라는 주인의 명도 제대로 이행하지 못했으면서 상처까지 내보이니 정말 죽을 맛이었다.

"깊게도 베였군. 반 치라도 더 파고들었으면 신경이 끊어질 뻔했다."

당수형은 허리춤에 걸린 여러 주머니 중 하나를 열어 가루를 한 움큼 쥐더니 상처에 솔솔 뿌렸다.

"흡!"

"아프더라도 참아라. 상처가 낫는 데 이만한 것은 없으니."

성정이 오만불손하고 머리는 조금 아둔할지 몰라도, 당수형은 수하들을 끔찍하게도 챙기는 성격이다. 그렇기에 만독부의 잔당들이 독존의 여러 후손들 중에서도 유독 당수형을 따른 것이다.

무사는 감격에 젖어 더더욱 고개를 숙였다.

당수형은 짐짓 그걸 못 본 척하며 무사의 신경을 다른 곳으로 돌릴 겸 해서 물었다.

"놈이 눈치챘을 가능성은?"

"잘 모르겠습니다."

"쯧! 한심한."

"하지만 확률은 반반입니다."

"하긴. 그대가 들켰다면 그대를 중용했던 조부님의 얼굴을 먹칠하게 되는 것이니."

무사는 독존이 가장 각별히 아끼던 그림자 무사였다. 영호휘와 함께 무신을 처치하러 갔을 때에 뒷일을 부탁한다며 강제로 떼어 놨기 때문에 이곳에 있을 수 있었다.

"하지만 남궁준은 의심이 많은 성격이니 더 이상 옆에는 있지 못할 것입니다."

"그렇겠지. 그럼 그동안 봐 왔던 것만이라도 이야기를 해
봐라."

"놈은…… 아무래도 주군을 이용할 속셈인 듯합니다."

당수형은 상처를 어루만지다 말고 잠시 손길을 멈췄다. 그
러다 코웃음을 치더니 치료를 재개한다.

"놀랄 일은 아닐 테지. 나도 뒷일을 준비 중이었으니."

쌍존맹은 흑산수로맹과 손을 잡았으면서도 이용할 생각만
한다. 그리고 쌍존맹 안쪽으로 들어가면 이런 생각은 또 한
번 더 드러난다.

검룡부는 만독부를, 만독부는 검룡부를.

서로 겉으로는 친한 척을 하고 소중한 척을 해도 가슴에는
저마다 비수를 품고 있다.

결국 천하의 주인은 단 한 사람밖에 없으니.

당수형이 그림자 무사를 남궁준에게 붙여 둔 이유도 바로
그것이다. 약점을 캐내기 위해서.

"하지만 녀석의 꿍꿍이를 짐작하기가 힘들었습니다. 수하
에게도 자신의 속내를 털어 낸 적이 없었습니다. 게다가 혼자
만 있을 때는 아예 입을 꾹 다물고 있습니다."

"역시 철두철미하군."

당수형은 마음에 들지 않는다는 듯 눈살을 찌푸리다 손을

거뒀다.

"치료는 끝났다."

그림자 무사는 어깨 부근을 돌돌 감싼 붕대를 보고 고개를 숙였다.

"감사합니다."

"당분간 무리하게 움직이지 마라. 팔을 높이 들면 다시 상처가 벌어질 테니."

"하오나……!"

"그대는 시키는 대로만 따르면 된다. 다른 불만은 일절 받지 않겠다."

"존……명."

그림자 무사의 고개가 더 깊이 떨어진다.

곧 있을 커다란 싸움에서 주인을 모셔도 모자란 판국에 호위무사로 하여금 뒤로 빠지라 하니, 주인의 얼굴을 쳐다볼 면목이 없었다.

하지만 당수형은 그런 건 전혀 신경 쓰지도 않는 듯 팔짱을 끼며 곰곰이 생각에 잠겼다.

"도대체 남궁준이 나를 후방으로 보낸 이유를 알 수가 없단 말이야. 뭔가 노림수가 있는 건 확실한데……."

당수형은 자신의 두뇌 회전이 느리다는 걸 인정할 수밖에 없었다.

"이럴 때 염호리가 있으면 편하겠건만! 쯧!"

하지만 염호리는 죽었다고 알려졌으니 그리워해 봤자 하등 도움이 안 된다.

"……아니면 학적의 도움이라도 빌어야 하나."

그렇게 작게 중얼거릴 무렵,

"주군."

여태 가만히 있던 그림자 무사가 슬쩍 고개를 들었다.

"아직도 안 갔…… 무, 뭐지?"

당수형은 화들짝 놀랐다. 갑자기 몸이 돌처럼 굳어져 움직일 수가 없었다. 신경은 날카롭게 서 있으나 마치 현실과 동떨어진 느낌이다.

자신이 수룡왕에게 그랬듯. 이번엔 자신이 고스란히 당했다. 그사이 그림자 무사가 고개를 완전히 들었다.

그런데 모습이…… 전혀 달랐다. 아까 전과.

"넌…… 누구냐?"

당수형은 자신이 당했다는 사실에 이를 악물었다. 감히 독존의 후예인 자신을 중독시켰다는 사실에 치가 떨리면서도 한편으로는 등골이 서늘해졌다.

"당신이 찾던 사람."

"무, 무신련주!"

당수형은 밖에 있을 무사들을 부르고 싶었지만, 이상하게 소리는 막사 안에서만 가득 울렸다.

"사람들을 부를 생각은 하지 않는 게 좋을 거요. 이미 기막을 꼼꼼하게 쳐 두었으니."

무성이 천천히 일어나며 붕대를 풀었다. 고의로 상처가 났던 부위는 이미 다 아문 뒤였다.

저벅, 저벅.

무성은 천천히 다가가 당수형과 눈높이를 마주쳤다.

당수형이 이를 악문다.

"죽……이려면 죽여……라!"

"그럴 생각이었으면 남궁준과 단둘이 있을 때 이미 쳤을 거요. 하지만 아쉽게도 나는 그대들의 목숨보다 더 소중한 것을 찾아야만 해서 말이오."

당수형은 자신의 목숨이 한낱 미끼밖에 안 된다는 생각에 이를 악물었다.

"뭘…… 알고 싶다는 것이냐!"

"방금 전 당신이 말했던 것."

"무얼 말하는……? 설마…… 학적?"

그 순간, 무성의 눈이 요요하게 빛난다.

"그가 어디에 있는지 아시오?"

第三章

한유원의 심기(心機)

당수형은 무성과 학적이 어떤 관계가 있는지 도통 알 길이
없었다.

자신이 아는 학적은 고고한 유생이었다.

유생이란 자고로 강호인들을 무뢰한이라고 생각하는 족속
들. 만약 자신이 대영반의 도움을 받지 않았더라면 학적과도
이렇다 할 인연이 없었을 것이다.

물론 학적은 보통 유생들과는 달랐다.

사람을 잘 배려하고 마음이 넓다. 그리고 깐깐한 유생들과
다르게 묵가를 신봉하고 있어서 그런지 아주 현실적이었다.

하지만 단연코 강호와 연을 맺을 일은 없었다.

황룡각은 자신들도 존재를 몰랐던 아주 비밀스러운 곳이었으니.

그런데 무신련주가 왜 그 사람을 찾는 걸까?

어쩌면 무신련과 황룡각 사이에 자신이 모르는 어떤 비밀이 있을지도 모른다는 생각이 들었다.

당수형은 입술 끝을 비틀었다.

"하! 내가 설마하니 그걸 순순히 말해 줄 것 같으냐?"

"물론 그럴 거란 기대는 하지 않았소. 하지만."

무성은 석상처럼 굳은 당수형의 허리춤에 걸린 여섯 개의 독낭을 한꺼번에 쥐었다.

"그 입을 열게 할 자신은 있지."

"이, 이 노오오오옴!"

당수형은 무성의 생각을 읽고 분노에 차 소리쳤다.

아무리 '촉'이 서더라도 머리가 따르지 못하면 모두 무용지물이 되는 법이다.

당수형은 겁에 잔뜩 질린 나머지 무신련과 황룡각의 관계를 파헤쳐야겠단 생각을 지워야만 했다.

그가 챙긴 다섯 개의 독은 모두 이제 만독부에도 남아 있지 않은 극독들.

하나하나 효과가 완벽한 것들이다.

무성을 잡기 위해서 모두 챙겨왔지만, 그것을 되레 자신에게 쓴다면?

독을 누구보다 잘 알고 있기 때문에 공포는 더 커진다.

당수형은 무성이 주머니를 동여맨 끈을 풀기 시작하자 다급해지기 시작했다.

'어째서! 어째서 움직여지지 않는 것이냐!'

자신은 독인(毒人)이다. 어린 시절부터 독을 먹고 자라 독에 대한 항성은 물론, 피는 일반 극독보다도 훨씬 효과가 좋은 독혈(毒血)이다.

그런데도 이렇게 자신을 중독시킬 수 있다니!

대체 무슨 수를 쓴 건지 알 수가 없다.

독혈을 쉴 새 없이 움직여 마비를 풀려고 해도 도무지 그럴 기미가 보이지 않는다.

그사이 이미 무성은 독낭을 한참이나 보더니 그중에 하나를 골라 주머니 안쪽으로 손을 성큼 밀어 넣어 가루를 한 줌이나 꺼냈다.

백해산(魄解酸)이다.

혼백을 해체시킨다는 이름을 가지고 있을 정도로 아주 독한 가루.

닿는 것만으로도 피부는 물론 뼈까지 녹아야 하지만 무성의 손은 말끔하기만 했다.

그것이 더더욱 당수형의 간담을 서늘하게 만들었다.

이로써 무성이 독인이라면 어느 누구나 두려워할 만독불침(萬毒不侵)이란 사실이 확실해졌으니.

덜덜덜!

무성은 덜덜 떨리는 녀석의 허벅지를 손톱으로 살짝 그었다.

상처가 벌어지며 피가 주르륵 흘러내린다.

무성이 남궁준에게 당했던 것과 비슷한 상처다. 당수형이 자신에게 한 것처럼 무성은 마치 치료를 하려는 듯이 백해산을 녀석의 상처에다 갖다 댔다.

"조금 아플 것이오."

"자, 잠깐!"

무성이 백해산을 뿌리기 전에 당수형이 다급하게 소리를 지른다.

무성의 무심한 눈길이 당수형에게로 향한다.

당수형은 그런 눈빛이 더더욱 무서웠다.

예전에는 상대방을 잡아먹을 듯한 귀화가 피어오른다고 들었는데, 이제는 깊이를 짐작하기도 힘든 심연이 그곳에 있지 않은가.

그러면서도 절실히 깨달았다.

무신련주는 자신의 것은 세상 무엇보다 소중하게 여기나, 그 외의 것에는 이토록 잔학할 수 있는 사람이구나.

그 모습은 마치,

'무신! 무신이야!'

조부님이 이따금 두려움에 떨면서 말하던 무신 백율과 너무 소름 끼치게 닮아 있었다.

"마, 말하겠다. 그러니 제발 그것만은……!"

무성은 묵묵히 고개를 끄덕였다.

"그, 그럼!"

당수형은 고통을 겪지 않아도 된다는 생각에 기쁨에 찼지만,

추르륵.

핏!

"흡!"

갑자기 지풍이 날아들더니 아혈이 점해진다. 당수형은 아무 말도 할 수가 없었다.

무성은 그대로 손에 쥔 것을 놓아 버렸다.

"……!"

당수형의 소리 없는 아우성이 막사를 울렸다.

덜덜덜……

당수형은 제자리에 허물어져 간질 환자처럼 몸을 덜덜 떨었다.

이미 무릎 아래는 상처와 극독으로 흉측한 몰골이 된 지 오래였다. 신경이 녹아 버렸으니 치료를 한다 한들 두 번 다시는 걸을 수 없으리라.

독을 뿌리는 내내 눈물에 젖은 당수형의 눈은 몇 번이고 소리 없는 항의를 보냈다.

얼마든지 말해 주겠노라고.

무엇이 되었든 간에 대답을 해 줄 테니 제발 이걸 풀어 달라고!

하지만 무성은 그때마다 묵묵히 고문을 시도했다.

별다른 건 없었다.

그저 상처를 내고 독을 뿌린 게 전부다. 다만 먼저 낸 상처가 안쪽으로 독이 잘 스며들 수 있도록 도와준 것일 뿐.

독인이니 쉽게 죽지 않을 거라 예상은 했는데, 확실히 당수형은 생각했던 것보다 훨씬 잘 버텨 줬다.

그래도 고통에 까무러쳐 혀를 깨물 수 있으니 입을 단단히 봉하는 것은 잊지 않았다.

덕분에 당수형은 가져온 독을 하나만 빼고 모두 겪어야 했다.

무성은 녀석의 떨림이 어느 정도 가라앉았다 싶자, 겨우 점했던 아혈을 풀어 줬다.

"어, 어……?"

어째서? 라고 말한다.

아혈이 풀렸어도 기력이 없어 말이 새어 나왔다.

"그쪽이 거짓말을 할지도 모르지 않소."

"고, 고……!"

고작 의심이 간다고 이런 짓! 당수형은 그렇게 항의를 하고 싶었지만 그럴 만한 힘도 없었다.

지금은 그저 편해지고 싶다는 생각밖엔 없었다.

가문의 복수? 조부님의 영광?

그딴 건 이미 머릿속에서 지워진 지 오래였다.

애초 그걸 노렸던 무성은 마지막 남은 독낭을 흔들었다.

"이건 아마도 마지막 남은 무형지독(無形之毒)일 테지?"

당수형이 겨우겨우 고개를 끄덕인다.

"대답을 한다면 이걸 돌려 드리겠소."

당수형은 제발 그래 달라며 고개를 끄덕였다. 미미한 떨림이지만 그걸로 충분했다.

"그대는 숨어 있는 동안 대영반을 사사했소?"

끄덕.

"어디요?"

"도, 동……!"

"동정호?"

끄덕.

무성은 잠시 눈을 질끈 감았다.

또 동정호다.

거기서 자신이 놓쳤던 게 있었던 걸까? 아니면 시기가 조금 늦었던 걸까?

"그럼 지금은?"

"모……!"

"모른다는 것이오?"

무성의 눈빛이 차갑게 빛난다.

당수형은 단단히 겁을 먹었는지 아등바등거렸다.

"우, 우……가 ……올 때 없……!"

"이미 동정호를 나왔을 때부터 헤어지고 없었다?"

끄덕.

"그럼 간 곳은? 어딘지 아시오? 대략적으로라도 들었을 것 아니오?"

"강……남."

"역시 장강을 건너서 강남을 이 잡듯이 뒤지는 수밖에는 없는 건가."

결국 이번에도 이렇다 할 단서는 얻지 못한 것이다.

무성은 약속대로 무형지독을 뿌려 주려다 문득 다른 생각이 들었다.

"그럼 한 가지만 더 묻겠소."

당수형은 빨리하라는 듯이 고개를 마구 끄덕인다.

"대영반과 학적, 그들의 관계는 어찌 되오?"

"은……인."

"은인?"

끄덕.

역시 천옥원에서 쓰러진 한유원을 진성황이 구해 준 것일까.

'난 어째서 천옥원을 다시 찾을 생각은 하지 않았을까.'

무성은 생각하면 할수록 여태 자신이 얼마나 못난 짓을 했는지 절실히 깨달았다.

영호휘에게 복수를 하겠다는 생각에만 미쳐 있어서 천옥원 쪽은 돌아보지도 않았다. 한유원을 찾는 것은 그 뒤에나 할 일이라고만 여겼다.

하지만 그 뒤로도 정신없이 살아오면서 그럴 생각은 전혀 하지 못했다.

사실 한유원은 어딘가에서 살아 있었는데도 불구하고.

"그럼 잘 가시오."

무성은 한숨을 내뱉으며 뭔가를 당수형에게 뿌렸다.

당수형은 몸을 쭈뼛 굳히더니 그대로 눈을 스르르 감았다.

하지만 무성이 뿌린 것은 무형지독이 아니었다. 그냥 밖에서 쉽게 구할 수 있는 모래였다. 그런데도 당수형은 무형지독이라 착각해 절명해 버렸다.

무성은 언제 요긴하게 쓰일지 모르는 무형지독을 품 안으로 잘 갈무리하고 허공에다 가볍게 손을 흔들었다.

화르륵!

삼매진화가 일어나면서 당수형을 그대로 집어삼킨다.

불길이 사그라질 즈음엔 재도 남아 있지 않았다.

그동안 무성은 당수형으로의 변화를 시도했다.

두두둑.

그림자 무사로 변했을 때처럼 얼굴과 전체 골격이 바뀌면서 당수형의 모습이 되었다.

그는 막사 안에 남아 있는 당수형의 다른 옷을 찾아 갈아입었다.

곧 있을 전투에 흑산수로맹과 쌍존맹의 연합 공격이 있을 테니 그걸 역으로 이용할 작전을 짜야만 했다.

            *   *   *

이튿날, 아침.

남궁준이 당수형의 막사 안으로 다급하게 들어왔다.

"아우, 이보게, 아우!"

"왜 그러십니까, 형님?"

무성은 이미 그가 막사 근처에 다다랐을 때 깨 있었으면서도 짐짓 이제 일어난 것처럼 눈을 부스스하게 떴다.

남궁준은 거침없이 안으로 들어와 소리쳤다.

"아무래도 무신련이 작전을 바꾼 것 같네!"

"그게 무슨 말씀이십니까?"

"여태 했던 것과 다르게 무신련주가 직접 뛰어든 것이 아니라, 무신련이 처음으로 병력을 이끌고 도강을 시도하고 있어!"

"예? 그래서야 작전이……!"

"어서 나와서 확인해 보게!"

무성은 놀란 척하면서 퍼뜩 옷을 갈아입고 남궁준과 함께 막사 밖으로 달려갔다.

그의 말대로 무신련의 창붕군은 착실하게 도강 준비를 하고 있었다.

그냥 도강을 시도했다가는 물고기 밥이 될 거란 걸 알고 있는지, 인근 야산에서 대거 벌목을 해 와 뗏목을 차례로 잇는다.

"수룡왕에게 가야 하지 않겠습니까?"

"그렇지 않아도 그걸 말하려는 것일세. 수룡왕은 내가 만나러 갈 테니, 자네는 수하들과 빨리 이곳을 나가 후방으로 이동하시게. 저들이 움직인 이상, 후방에도 척후를 할 테니 서

둘러야 할 게야."

"예. 알겠습니다."

무신련주를 꾀어내기 위한 작전을 지금이라도 시작하자는 뜻이다.

무성은 남궁준이 서둘러 수룡왕에게로 가는 것을 보다가 자신도 몸을 반대로 돌렸다.

때마침 무신련 상공 위로 폭죽이 터졌다.

퍼—엉!

푸른색이다.

지시 사항을 모두 이행했으니, 성공하길 바람.

무성은 그것이 주는 뜻을 읽고 살짝 미소를 지었다.

*   *   *

무성은 우선 흑산수로맹을 흔들어 놔야겠다는 생각에 밤 새 무신련에다 연락을 넣었다.

무신련이 진군을 시작하면 이쪽도 바로 움직일 것이라고.

흑산수로맹으로서는 무성도 신경이 쓰이지만 무신련을 더 크게 신경 쓸 수밖에 없기 때문에 어떤 방식으로든지 움직여야 했다.

그러다 보면 쌍존맹 전력의 일부를 밖으로 빼낼 수 있지 않을까 싶었는데 고스란히 맞은 셈이다.

무성이 막사 쪽으로 이동하니, 어느새 백여 명의 고수들이 단단히 준비를 하고 있었다.

무성은 누구에게 이야기를 해야 하는지 모르기 때문에 옆으로 스쳐 지나가면서 소리쳤다.

"모두 나를 따라 밖으로 이동한다."

녀석들은 별다른 이유도 묻지 않고 즉각 무성을 따라 군영을 이탈했다.

예비대 개념이 된 그들은 척후병도 눈치채지 못하게끔 아주 크게 우회를 해서 후방으로의 진입을 시도했다.

덕분에 긴 시간을 소요해야 했지만, 무신련도 도강에 여념이 없고 워낙에 이쪽의 숫자도 적어 다행히 걸리지 않을 수 있었다.

하지만 이건 다른 걸 의미하기도 한다.

너무 떨어져 나왔기에 본영에서도 이쪽을 파악 못 한다는 것.

탁!

무성의 걸음이 처음으로 멈춘다.

"왜 그러십니……!"

가장 먼저 뒤를 따르던 무사는 뭐라고 말을 하려다 말고 갑자기 방향을 전환하는 무성을 보고 화들짝 놀랐다.

무성은 손을 뻗어 녀석의 안면을 잡아 그대로 터뜨렸다.

펙!

이어서 손날을 허공에 비스듬하게 내긋는다. 잘게 부서진 틈 사이로 검기가 쏟아져 나왔다.

스스스스슷!

"크악!"

"당 맹주! 어째서!"

갑작스러운 공격에 무사들은 하나같이 당황하고 말았다. 선두에 있던 열 명은 그대로 목이 달아나 허공으로 튀어 오른다.

도무지 믿기지 않는다는 표정으로 무성을 보던 사람들은 일제히 몸을 뒤쪽으로 물리기 시작했다.

상대는 자신들이 알던 당수형이 아니다.

가짜였다!

"놈! 당 맹주를 어쩐 것이냐!"

그때 물러나던 중에 다섯 명이 서로 눈빛을 주고받더니 앞으로 튀어나와 무성과 대적했다.

까가가가강!

무성과 서로 공격을 주고받는다.

그 사이 다른 사람들은 두 부류로 나뉘었다.

이대로 도주를 택하거나, 옆으로 빠져서 무성을 에워싸거나.

도주를 택하는 사람들은 다섯에 불과했다. 가장 발이 날랜 자들. 무성의 등장을 알리기 위해서 전력을 다해 뛴다.

반면에 옆으로 빠지는 사람들은 전자가 달아날 수 있는 시간을 벌려고 했다.

생각지 못한 당수형의 실종과 무성의 공격에도 민첩하게 대응할 수 있다는 것은, 이미 무성이 잠입을 해 올 것에 대해서 작전을 짜 뒀다는 의미였다.

까가가가가강!

무성을 따라 불똥이 수없이 튀어 오른다.

녀석들은 꽤 강했다.

웬만한 고수도 무성이 뿌리는 검기를 제대로 받아 내지 못하건만, 이들은 직접 부딪치는 것은 물론 옆으로 흘리며 반격을 꾀하기까지 한다.

그만큼 무성에 대한 분노가 컸다는 뜻이리라.

특히 전면에서 무성을 밀어붙이는 녀석은 눈가에서 불길이 토해질 것 같았다.

"대답해라! 당 맹주는 어디로 간 것이냐!"

무성은 대답을 하지 않았다. 몸을 돌리면서 검기를 뿌려 방어에만 치중한다.

이미 그사이에도 다른 녀석들이 차륜진을 펼치며 착실하게 체력을 빼놓으려 했다.

"이 놈! 대답을 하란 말이다!"

무성은 그를 슬쩍 보더니 검을 옆으로 흘리면서 손을 뻗어 좌측에 있던 자의 검을 잡았다.

검지와 중지, 손가락 틈 사이로 검날을 잡아 옆으로 비스듬하게 꺾는다.

깡, 하는 소리와 함께 검날이 부러지자 아직 손에 남은 검날에 공력을 잔뜩 불어넣어 그대로 던진다.

촤아아아악!

잘 벼려진 검날은 제 주인의 배를 그대로 뚫고 지나가, 뒤쪽에 있던 두 명까지 한꺼번에 베어 넘겼다.

핏물이 사방으로 튀면서 세 명이 벌러덩 나자빠진다.

무성은 그쪽으로 탈출을 시도했다.

하지만 뒤쪽에서 한데 몰려오면서 바짝 간격을 좁힌다.

결국 이를 가만히 둘 수는 없기 때문에 무성은 몸을 반대로 돌리면서 검을 잡아 그대로 무사의 다리에다 깊게 찔러 넣었다.

"으으윽!"

신음을 흘리는 녀석의 턱 아래를 장저로 후려치며 머리통을
바수고, 쓰러지는 녀석을 끼고 옆으로 돌면서 다시 검기를 뿌
린다.

좌좌좌좌좌악!

여섯 명이 볏짚처럼 넘어간다.

그야말로 깔끔하기 이를 데 없는 기술.

오로지 살인에만 한정되어 있다.

베고, 또 벤다.

무성은 자신의 손에 잡히는 것들을 모두 착실하게 베어 넘
겼다.

그리고 피를 뒤집어쓰며 눈을 뜬다.

그 모습이 마치 괴물 같다.

무사는 얼굴이 시뻘게진 채 분노를 터뜨렸다. 당수형이 어
떻게 되었는지 여러 번 물었으나, 끝까지 무성에게 답을 듣지
못한 녀석이다.

"이 노오오오오옴!"

녀석은 곧장 무성에게로 튀어나갔다. 검을 꼬나 쥐면서 앞
으로 찌른다.

"훈! 안 된다!"

전혀 예기치도 못한 행동이었는지 사람들이 다들 놀라 그
를 말리려 든다.

하지만 그보다 먼저 무성이 검을 잡아 자신 쪽으로 잡아당기면서 팔꿈치로 명치를 세게 쳤다.

퍽!

"컥!"

동시에 무성은 아주 무심하게 녀석을 가차 없이 바닥에다 버리고, 검을 빼앗아 녀석이 있던 자리로 쑥 들어갔다.

그리고 터져 나가는 파산검휘!

퍼퍼퍼퍼퍼펑!

검이 폭발하면서 근처에 있던 이들은 모두 피를 잔뜩 쏟으면서 그대로 철퍼덕 쓰러졌다.

무성은 그들의 피를 모두 뒤집어쓴 몰골로 가만히 눈을 떴다.

…….

잠시간 적막이 흐른다.

쌍존맹의 생존자들은 하나같이 이를 악물었다.

무성은 이렇다 할 기세도 흘리지 않지만, 그의 눈빛을 보고 있노라니 너무나 섬뜩하기만 했다.

이제 남은 숫자는 이십여 명.

백 명이 넘었던 것을 생각해 본다면 터무니없이 적어진 숫자다.

하물며 그들은 대영반이 직접 길렀던 백혈위이기도 한 바.

웬만한 고수도 발아래로 여기는 자신들이 이렇게 무참하게 당하는 것은, 분노를 일으키기보다는 등골을 서늘하게 만들었다.

크게 지친 자신들과 다르게 무성은 여전히 숨소리 하나 흐트러지지 않은 상태였다.

무성은 자루만 남은 검을 바닥에다 아무렇게나 버리고 주변을 쓱 훑는다.

"다음."

전투가 시작되면서 처음으로 내뱉은 한 마디다.

괴물이다.

그 생각만이 좌중을 지배한다.

죽은 당수형을 대신해 무사들을 이끌기 시작한 당용교(唐溶校)는 이를 악물었다.

"네놈이 방금 죽인 자가 누군지 아느냐?"

무성이 차갑게 그를 본다. 굳이 알아야 하냐는 눈빛.

그것이 당용교를 미치게 만들었다.

"당 맹주의 하나밖에 없는 동생이다! 이 세상에 단둘만 남은 형제를, 서로에게만 의지해야 했던 그들을 네놈이 죽인 것이란 말이다!"

무성이 입술을 달싹인다.

"그래서?"

"네놈은! 네놈은 형제도 없단 말이냐! 어찌……!"

"있었소, 나에게도. 누이가."

"한데, 어찌……!"

"하지만 그 누이는 죽었소. 이 세상 때문에."

"그렇다면……!"

"바로 당신들과 같은 욕망에 미친 사람들 때문이오."

무성은 어쩌면 자신이 화풀이를 하는 것일지도 모른다는 생각이 들었다.

동정호에 다녀온 후로 수없이 싸움에 스스로를 던져 넣는 이유.

다른 생각을 하기 싫어서였다.

아버지를 만나고 난 뒤로 문득문득 누이가 떠오른다.

한유원이 살아 있다는 소식에 기뻐하면서도 왜 자신을 만나러 오지 않았는가 하는 이유로 화를 내기도 한다.

그래서 더더욱 누이가 떠올라 싸움에 열중하고, 한유원을 악착같이 찾아 대답을 들으려 하고, 점점 더 차가워지는 것일 수도 있다.

그의 눈에는 쌍존맹이 그저 과거를 되찾고자 하는 욕망에 날뛰는 놈들로 보였다.

누이의 인생을 망친 놈들과 다르지 않다.

황룡각도…… 역시 다르지 않다.

그렇다면 전부 밀어 버리는 수밖에.

당용교는 이를 악물었다.

"좋다. 적인 너에게 무슨 말을 하던지 간에 아무 말도 통하지 않겠지. 하지만 네놈이 날뛸 수 있는 것도 여기까지다."

당용교는 크게 숨을 고르더니 차갑게 입술 끝을 비튼다.

"이미 이쪽의 소식은 본영에 들어간 지 오래일 테니."

"정말 그렇게 생각하시오?"

"뭐?"

"내가 정말 그것도 모르고 당신네들을 놓친 줄 아시냔 말이오?"

"무, 무슨!"

당용교는 무슨 헛소리를 지껄이냐면서 소리를 지르려는 찰나, 곧 한쪽 풀숲을 가로지르며 나타나는 사람을 보고 눈을 부릅떴다.

"야야, 그런 줄 알면 제발 고생시키지 좀 마라."

간독은 툴툴대면서 손에 굴비처럼 엮은 것들을 바닥에다 아무렇게나 버렸다.

데구루루.

다섯 개의 머리가 무사들의 발치에 떨어진다.

분명 본영에다 지원을 요청하러 갔던 자들이다.

당용교는 뒤통수를 한 대 맞은 것처럼 골이 울렸다. 그는 재빨리 주변을 둘러봤다.

"이미…… 준비를 했던 것이냐? 어디냐! 대체!"

간독이 피식 웃는다.

"그렇게 억울해할 필요는 없다우. 어차피 다 같이 가는 길 인데 무슨 상관 있수?"

"노오오오오옴!"

당용교는 모든 게 틀어졌다는 생각에 분기탱천하고 말았 다. 그건 다른 무사들도 매한가지였다.

여태 검진을 구사해서 무성과 어느 정도 승부를 내던 자들 은 더 이상 그런 것도 없이 달려든다.

오히려 그런 것을 더 바랐던 무성으로서는 지체하지 않고 손날을 허공에다 그었다.

파바바바박!

피바람이 다시 불어닥쳤다.

"이……대로 그냥 죽……지는 않……!"

당용교는 혈선이 그어진 목을 붙잡고 한참이나 무성을 노 려보다가 뒤로 넘어갔다.

"거참, 죽을 때까지 소란스럽네."

간독은 녀석의 시신을 내려 보면서 툴툴대다가 무성을 봤 다.

"야, 괜찮나?"

간독은 피를 흠뻑 뒤집어쓴 무성에게 가까이 다가가다가 잠깐 멈칫했다.

'이 새끼, 눈빛이 왜 이렇게 살벌해?'

요즘 들어 너무 싸움에만 몰두하는 게 아닐까 하는 생각이 들긴 했는데, 눈빛이 너무 매섭다.

자신이 아는 무성이 맞나 싶을 정도로.

원래부터 적에게는 가차가 없었다지만, 지금은 뭐랄까, 꼭 건드리면 터질 것 같은 흉흉함이 있었다.

'역시 한가 놈 때문인가?'

동정호에서부터 그러더니 계속 뭔가가 자극을 주는 것 같다.

"야!"

"……왜?"

무성의 대답은 한참이나 늦게 돌아왔다.

역시 뭔가 이상하다.

"너 갑자기 왜 이래?"

"……뭐가?"

"꼭 어디 넋이 나간 사람 같잖아."

"……무슨 소린지 모르겠군."

"너!"

"······시끄러. 다 알아 들어."

무성이 짜증 가득 섞인 시선이 된다.

간독은 간담이 서늘했지만, 이래서는 무성이 정말 사고를 칠지도 모른다는 생각에 뭐라고 말을 하려 했다.

"난 이대로 련으로 돌아간다. 시기에 맞춰 몸을 이쪽으로 빼면 쌍존맹의 남은 잔당들이 몰려 올 거니 매복해 있다가 한꺼번에 쳐."

"야! 잠깐만 있으라고!"

간독이 뭐라고 말을 하려는 찰나,

츠츠츠츠.

"어?"

간독은 갑자기 불안한 기분이 들어 자신이 밟고 있는 걸 봤다. 당용교의 눈동자가 자신을 보고 있었다.

분명 죽었는데도 불구하고 원혼을 가득 담은 것처럼 어딘지 모르게 서슬 퍼런 것이 오싹했다.

그 순간, 간독은 당용교가 했던 말이 떠올랐다.

이대론 그냥 죽지 않겠다는 말.

'설마!'

발치에서 희뿌연 뭔가가 감도나 싶더니,

퍼어어어어—엉!

무성이 베어 넘겼던 시체들이 갑자기 폭발을 일으키면서 간독을 덮쳤다.

                    *   *   *

　무성은 머릿속이 이상하게 어지러웠다.

　마치 무언가에 홀린 것처럼 정신이 아찔하다.

　그렇다고 지친다거나, 독에 취했다거나, 하는 그런 것은 아니다.

　그냥 무기력하다. 그러면서도 짜증이 확 난다.

　속이 부글부글 끓는다. 그래서 짜증이 더 커진다.

　그래서 간독이 말을 걸어 와도 대답하기가 싫어 그냥 넘겨버렸다.

　늘 이런 식이다.

　간독은 스스로 자신의 오른팔을 자처하면서 사사건건 개입을 하려 든다. 그것이 고마울 때가 대부분이지만, 지금과 같을 때는 귀찮기만 할 뿐이다.

　'털차. 털면 돼.'

　무성은 흑산수로맹과 쌍존맹들을 처치하다 보면 이 짜증이 풀리지 않을까 하는 생각이 들었다.

　아니, 그런 생각이 아니라 확신이 들었다.

　베어야 한다.

자신이 품고 있는 사람들을 지키기 위해서 적들을 처치하고, 한유원을 만나 대답을 들어야만 한다.

그런데,

"간⋯⋯독?"

간독이 디딘 발치. 당용교의 시신이 부풀어 오른다 싶더니 폭발한다.

폭발에 휘말린 데다가 산성이 염산과도 비견할 만큼 강한 독혈을 잔뜩 뒤집어쓴 간독이 힘없이 허물어지는 것이 보인다.

그 순간, 무성의 머릿속이 거짓말처럼 정지했다.

짜증도 무기력도 전부 사라진다.

그저 하얗게 질리기만 할 뿐이다.

아주 뒤늦게 간독의 상태를 알았을 때, 무성은 비명을 질렀다.

"간도오오오오옥!"

뒤도 돌아보지 않고 몸을 날린다. 다른 시신도 터질 수 있다는 위험 따윈 머릿속에 담지 않는다.

간독이 바닥에 떨어지기 전에 잡아채 등에 업었다.

흐트러진 숨소리가 아주 미약하게 들린다. 아직 숨은 붙어 있지만 언제 죽어도 절대 이상하지 않단 뜻이다.

"간독! 정신 차려, 인마! 정신 차리라고!"

무성은 소리를 고래고래 지르면서 전장을 벗어나려 했다. 간독을 치료할 장소를 찾아야 한다.

무신련과 흑산수로맹의 싸움?

그것도 중요하지만 지금은 당장 간독의 안위가 가장 중요했다.

간독이 죽는다면…… 자신은 없다.

하지만 무성의 바람은 쉽게 이뤄지지 않았다.

쾅! 쾅! 쾅! 쾅!

당용교의 시신이 터진 것을 시작으로 백여 구의 시체가 잇달아 연쇄 폭발을 일으킨다.

살점이 튀고 독혈이 비산한다. 뼛조각이 날아다닌다.

폭발의 위력도 대단해서 근처에 있는 것만으로도 몸뚱이가 날아가는 게 아닐까 싶을 정도였다.

자폭(自爆), 아니, 이 정도 수준이면 그냥 자폭이 아니다. 폭멸이다.

자신들도 죽었으니, 너희들도 같이 죽자는 발악.

무성은 간독이 더 다치지 않도록 기막을 주변에 겹겹이 둘러 탈출을 시도했다. 발이 땅을 디딜 때마다 앞으로 달려 나가지만, 폭발은 쉽게 그치지 않았다.

마음만 앞선 나머지 기막도 많이 흔들린다. 안쪽으로 들어온 폭발의 잔해가 무성의 피륙에 처음으로 상처를 낸다.

겨우 시신의 밭을 탈출했을 때, 무성은 이제 모두 끝났다고 생각했다.

하지만 그것은 그의 착각이었다.

시작은 지금부터였다.

무신련으로 향하는 길목을 따라 서 있는 무사들.

척 보아도 일천이 넘는 무사들이 곳곳에 포진을 해서 천라지망을 갖추고 있다.

무성에게 잔뜩 살기를 흘리면서.

"기다렸소. 무신련주."

남궁준이 피식 웃는다.

"아무래도 우리가 준비한 첫 번째 환대가 마음에 들었나 보오. 그렇게 거창하게 받아들일 줄은 몰랐건만. 두 번째도 반갑게 맞아 주실 거라 믿어 의심치 않소."

옆에 있던 수룡왕이 거칠게 사자후를 터뜨린다.

"무신련주를 척살하라!"

와아아아—아!

산적과 수적이 되었다지만, 그래도 제 지역에서는 콧방귀 좀 꼈다 싶은 녀석들이 저마다 서로 다른 무기를 꼬나 쥐면서 달려든다.

인의 물결을 보면서 무성은 한 가지 사실을 깨달을 수 있었다.

'모두 함정이었나!'

무성은 강호로 돌아온 이후 처음으로 적의 술책에 빠졌다는 확신을 내렸다.

애초 처음부터 놈들의 계획이었다.

쌍존맹이 흑산수로맹에 접촉을 했다는 정보부터가 이미 무성을 끌어내기 위해서 던진 미끼였던 것이다.

그 와중에 남궁준은 무성이 당수형으로 변장했다는 것을 눈치채고 방향을 살짝 틀어 백 명의 만독부 무사들을 희생시켜 무성을 꾀어내는 데 성공했던 것이고.

대체 어떻게 안 거지?

무성은 당수형으로 완벽히 분장해 있었다고 자부할 수 있었다.

아니, 그런 것 따위는 나중에 생각해도 된다.

지금은…… 이곳을 탈출해야만 한다.

하지만 천라지망은 너무나 두터워 보인다.

콰아아아아—앙!

무성은 전력을 다해 진각을 내리찍었다. 모래 기둥이 오 장이나 넘게 치솟으면서 포탄처럼 앞으로 쏘아진다.

"비키지 않는다면 베겠다!"

쩌렁쩌렁한 사자후가 산적과 수적들을 당황하게 만든다. 몇몇은 다리에 힘이 풀려 주저앉기도 한다.

무성은 그들 사이로 돌파를 시도했다.

간독을 업고 있어 직접 손발을 쓰지는 못하지만, 그에게는 훌륭한 무기가 있었다.

츠츠츠츠—츠!

무성을 따라 오색 광채가 흘러나오더니 거대하게 변한다.

허공에 상체만 드러낸 무신혼은 놈들을 쓸어버리기 위해 기다란 여섯 개의 팔을 휘둘렀다.

콰르르르르—릉!

천둥 벼락이 내려치는가 싶더니,

쿠쿠쿠쿠쿠—쿠!

뒤를 따라 태풍이 휘몰아치면서 주변에 있는 것들을 닥치는 대로 쳐 낸다.

"크아아아악!"

"내 팔! 내 파아아알!"

모두 어떻게 할 새도 없이 쓰러진다. 무기가 망가지고 팔다리가 으스러지는 고통 앞에서 제정신을 부여잡기가 힘들다.

수많은 수채들을 홀로 감당했을 때처럼 제아무리 커다란 천라지망도 무성을 잡을 수는 없을 것 같았다.

무성의 앞길을 막기 위해 사방으로 퍼져 있던 무사들이 한 지점으로 몰려들어 탄탄한 벽을 쌓아도, 결국 압도적인 힘 앞에서는 별 필요 없는 저항일 따름이었다.

콰콰콰쾅!

흑색 기풍이 잇달아 흩날린 곳으로 모래바람과 함께 주검이 잇달아 튀어 오른다. 핏물이 튄다.

그럴수록 무성의 눈은 더더욱 시뻘겋게 변한다.

'비켜. 비켜. 비켜어어어어어!'

베고 또 벤다.

쉴 새 없이 베어 넘기며 그때마다 핏물을 뒤집어쓰는데도 불구하고 적은 도무지 줄어들 기미를 보이지 않았다.

이 사이에도 간독의 숨소리는 더욱 미약해진다.

"애……송이…… 정신…… 차……려!"

무슨 악몽이라도 꾸고 있는지 잠꼬대가 들린다.

무성은 더더욱 이를 악물었다.

"뒈지기만 해 봐! 그랬다가는 지옥 끝까지라도 쫓아가서 멱살을 잡고 끌고 나올 테니까!"

수룡왕은 추풍낙엽으로 쓸려 나가는 수하들을 보면서 아무 말도 할 수가 없었다.

복수를 하고 싶어도 실력 차이가 너무나 압도적이니 어떻게 해야겠다는 계산도 되지 않는다.

"이 정도였단 말인가……!"

쉽지 않다는 것쯤은 알고 있었다.

아니, 어쩌면 몰락을 당할지도 모른다는 각오도 하고 있었다.

하지만 무성에 대해서 알고 있단 생각은 이미 머릿속에서 발로 걷어차 버린 지 오래였다.

그저 이를 악물며 겁에 안 질리려고 노력하는 게 전부였다.

무성은 어느새 그들이 있는 근방까지 다가왔다.

호위무사들이 앞으로 몰려들면서 무성을 가로막으려 한다.

하지만,

쿠쿠쿠쿠쿠쿠!

그들 역시 무신혼의 여섯 팔이 내뿜는 재앙 앞에 속수무책으로 당했다.

잘 벼린 칼날 같은 기풍이 모조리 도륙을 내 바닥은 온통 시체투성이가 되어 버린다.

하지만 남궁준은 쓰러진 시신을 보더니 도리어 피식 웃는다.

"역시 괴물이군. 무신은 무신이란 건가?"

"남궁 맹주."

수룡왕이 바싹 마른 입술로 중얼거리자, 남궁준은 그의 속내를 읽고 고개를 끄덕였다.

"그러도록 하지."

'놈들이다!'

무성은 수룡왕과 남궁준이 보이자 더 세게 이를 악물었다.

어제 기회가 있을 때 왜 굳이 처치를 하지 않았을까.

괜히 흑산수로맹과 쌍존맹을 분열시켜야 한다는 생각에 때를 놓쳤다가 이런 위험한 지경에 내몰렸다. 간독이 다치고 말았다.

당시엔 무성으로서도 그들을 모두 감당할 자신이 없으니 내린 결정이었지만, 지금은 간독이 잘못될지 모른다는 위기감이 죄책감을 만들어 모든 잘못을 스스로에게 돌리고 있었다.

그리고 이 위기를 만든 녀석들에 대한 원한을 키웠다!

과거 누이를 잃었을 때가 떠오른다.

웃으면서 눈을 감았던 그녀가.

하필 간독도 웃고 있지 않았던가……!

크아아아아아앙!

무신혼이 길게 포효를 내지르며 수룡왕과 남궁준에게로 주먹을 내리친다.

수룡왕은 주먹을 튕겨 내기 위해 도끼를 바짝 세운다.

하지만 남궁준은 여유롭게 팔짱을 끼며 웃었다.

"역시 학적께서 말씀해 주신 그대로야."

순간, 무성의 머릿속이 다시 새하얘진다.

뭐라고?

학적?

지금 학적이라고 했지?

무성이 지금 그게 무슨 소리냐며 소리를 지르려는 찰나,

콰아아아아아아—앙!

쿠르르르—르!

갑자기 시신이 폭발한다. 쌍존맹의 놈들이 죽고 난 후에 벌어졌던 것과 똑같은 폭발!

하지만 이전에는 불규칙적인 폭발이었다면, 지금은 모든 시신들이 한데 모여 이뤄진다.

멸천폭환진(滅天爆煥陣)!

쉴 새 없이 땅거죽을 뚫고 일어나는 불기둥은 날카로운 창처럼 무신혼의 몸뚱이를 찔러 댄다. 거기서 번진 불길은 마치 독처럼 퍼져 나가 무신혼이 사그라질 때까지 계속 활활 타오른다.

크오오오오오오!

무신혼이 괴로움에 몸부림친다.

그 아래에 있는 무성 역시 끊임없이 작열하는 고온의 열풍 속에서 도저히 정신을 차릴 수가 없었다.

기막으로 몸을 둘렀으나 폭발에 휩쓸려 위태롭게 이리저리 흔들리고, 기막 안의 공기가 소진되면서 숨을 쉴 수가 없어 머리가 새하얗게 변한다.

무엇보다 한 가지 생각만이 머릿속을 가득 채운다.

이건 기환진이다.

진실이되 환상이고, 환상이지만 진짜인 진법!

한유원이 귀병가를 구하기 위해서 자신의 한 몸을 희생해 사용하던 진법과 아주 흡사했다.

애초 이 모든 것들이 무성, 자신을 잡기 위해 최적화된 무대였다.

성격과 행동을 읽어 홀로 끌어낼 수 있는 방법을 상정하고, 그곳에다 천하제일인이라 할 수 있는 무성을 잡을 수 있는 방법까지 마련한 것이다!

세상에 이 모든 게 가능한 존재가 있을까?

있다.

단 한 사람.

하지만 그걸 알면서도 아니라고 말 해야 했던, 머릿속에서 수없이 들었던 의문이지만 몇 번이고 모른 척해야만 했던 진실을 이제야 대면하게 되었다.

'의수우우우우우욱!'

한유원은…… 자신을 죽이려 하고 있었다.

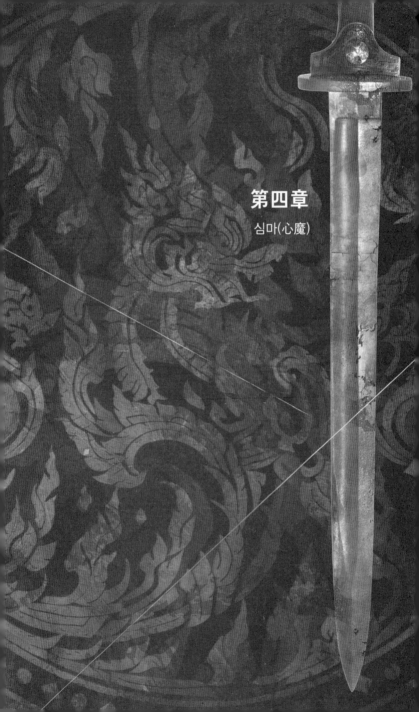

第四章

심마(心魔)

화려하게 명멸하는 불꽃을 본다.

남궁준은 광기에 찬 웃음을 터뜨렸다.

"하하하하하하! 역시! 역시 이분이야말로 진정 하늘이 내린 신인이시다. 그야말로 자리에 앉아 천 리를 내다보시니. 하하하!"

처음 그와 대면했을 때 얼마나 많이 의심을 했던가.

하지만 이제는 확실히 알겠다.

그가 얼마나 대단한 존재인지를!

경지가 뛰어난 책사는 천기를 읽어 예언도 낼 수 있다더니, 아마도 이것을 두고 말하는 게 아닐까.

말하는 그대로 이뤄지니 말이다.

"대영반도 이미 실각한 마당에 검룡부의 땅을 세우면 직접 모셔 와야겠어."

이미 남궁준은 학적을 자신의 사람으로 만들기 위한 계산에 들어갔다.

대영반을 존경하는 것은 사실이나, 그것과 이것은 전혀 다른 이야기다. 어차피 그는 속세의 일에는 크게 관심이 없는 사람이니.

키키킥, 웃는 동안, 수룡왕은 반쯤 넋이 나갔다.

더 이상 처음에 남궁준이 나타났을 때 기백 좋게 나섰던 수룡왕이 아니다.

사실 남궁준은 그때 녀석의 기백에 넘어간 것처럼 연기하느라 좀이 쑤시는 줄 알았다.

수적 출신이라 자신만만해지면 앞뒤를 가리지 않는다는 학적의 조언에 따라 조금 다뤄 봤는데, 얼마나 쉽게 따라 주는지.

지금도 무성을 잡고자 필요 없는 수하들을 내어 달라고 했는데도 아주 능히 내주었다.

아마도 강호를 자신이 먹어 치울 수 있단 생각을 하는 꿈에 부풀어서 그런 것일 테지만.

하지만 지금은 수적의 몸 따위로 도무지 생각할 수도 없는 수많은 일을 보았으니 의기가 끊어졌다.

이래서 하찮은 것은 안된다고 하는 것이다.

"그나저나 다시 발악을 할 때가 되었는데."

학적은 몇 번이고 경고했다.

무신련주를 궁지로 몰아넣었다고 해서 절대 자만심을 가지지 말라고.

그때부터가 진짜 정신을 바짝 차려야 할 때라고 말이다.

아니나 다를까.

쏴아아아아악!

갈가리 찢겨 나가던 무신혼의 여섯 개 팔뚝에서 더 긴 팔이 튀어나오더니 땅을 세게 내려찍는다.

콰아아아아앙!

뒤집히려는 땅거죽을 강제로 눌러 버리면서 허리춤 아래로 다리가 돋아난다.

쿵! 쿵!

무신혼은 땅을 되짚으며 일어났다.

크아아아아아아앙!

거친 포효와 함께 대지 한 곳을 그대로 내려친다. 수십 개의 벼락이 하늘에서 일어나 한 지점을 때린다.

바로 멸천폭환진의 진축이 있던 장소다.

콰르르르르르……

불길이 삽시간에 수그러든다. 무신혼을 잡아먹을 것처럼 굴던 불꽃도 불씨만 남아 튄다. 땅거죽이 거의 뒤집어진 지표면은 울퉁불퉁하다.

무신혼은 지옥 불처럼 계속되는 불꽃으로부터 탈출했음에도 불구하고 분노를 그치지 못했다.

크오오오오오!

이윽고 모든 분노를 털어 내기 위해 원흉인 남궁준에게로 성큼 다가온다.

쿵, 땅이 요란하게 흔들린다.

하지만 남궁준은 팔짱을 낀 채 차갑게 명령을 내렸다.

"베어라."

하늘에서 무언가가 번쩍인다 싶더니 갑자기 빛무리가 아래로 툭 떨어진다.

빛이 모두 네 개.

네 개가 고스란히 땅에 닿았을 때, 무신혼의 팔도 같이 떨어졌다.

크아아아아아앙!

무신혼은 마음에 들지 않는다는 듯 팔을 복구하면서 빛무리를 잡으려 했다. 저마다 검을 하나씩 쥐고 있는 검사들은 다시 땅을 박차 빛무리가 되어 허공으로 뛰어오른다.

스스스스슥!

곳곳으로 사선이 그어진다.

무신혼의 종아리, 무릎, 허벅지, 사타구니, 허리, 팔뚝, 손목. 그 어디를 막론하고 모두 내리긋는다. 도축을 당하는 고기처럼 부위가 계속 떨어져 나간다.

무신혼은 그때마다 몸을 복구하며 끈질기게 따라붙는 검사들을 내치려 했다.

하지만 통할 리가 만무하다.

멸천폭환진을 고스란히 뒤집어써 기력이 다해 버린 무신혼과 학적으로부터 무성을 잡기 위한 방법을 모두 배워 이제 갓 등장한 네 명의 검수들.

그들의 싸움은 이미 불에 보듯 뻔한 일이었다.

무신혼은 처음에 활약을 했던 것처럼 마음껏 재앙을 일으키지도 못했다.

손발이 자꾸만 허우적대는 통에 벼락도 돌풍도 불꽃도 내리지 않는다.

결국,

쿵!

무신혼은 잘려 나간 오른쪽 무릎을 복구하지 못하고 그대로 앞으로 주저앉고 말았다.

팔로 지표면을 디뎌 몸을 추스르려고 하지만 그마저도 손목과 팔뚝을 잘리면서 옆으로 기울어지고 말았다.

파스스스……

무신혼이 허공에 흩어져 사라진다.

육성방을 무너뜨리고 흑산수로맹을 공포로 몰아넣던 무신혼이 무너진 자리엔 무성이 간독을 업은 채로 흉흉한 눈빛을 띠고 있었다.

분명 이전까지만 해도 심유했던 눈빛은 다시 귀화로 일렁인다.

다가오면 베어 버리겠다는 듯이 으르렁거린다.

네 명의 검수는 무신혼을 거뜬히 베어 넘겼음에도 불구하고 쉽사리 그 이상은 접근하지 못했다. 보이지 않는 심리적인 벽이 있었다.

"하! 진짜 이 정도면 예언 수준이군."

남궁준은 무신혼을 잡은 후 무성이 나타나더라도 섣불리 잡지 못할 거란 학적의 말을 떠올리면서 혀를 가볍게 찼다.

그래도 입가는 생글생글 미소가 떠나지 않는다.

세상 그 어느 누구도 이루지 못한, 심지어 진성황조차도 해내지 못한 업적을 자신이 해내지 않았는가.

남궁준은 검수들을 지나 팔짱을 푼다. 그리고 예를 갖춰 포권을 취했다.

비록 꼴이 엉망이 되었다고는 하나, 상대방은 강호를 석권하는 무신련주.

그의 뒤를 이어 천하의 주인이 되고자 하는 입장에서 이 정도의 자세는 당연한 것이었다.

"검존의 후예이자 쌍존맹의 주인인 남궁준이 무신련주께 새로 인사를 올리겠소."

"비……켜……라!"

무성이 으르렁거린다.

하지만 남궁준에게는 상처를 잔뜩 입고도 기가 죽지 않는 맹수로만 보일 따름이었다.

"순순히 투항하시오. 그리하면 내 무신련주로서 각별히 대우를 해 드리겠소."

"비키라고 했다!"

남궁준은 이맛살을 찌푸렸다.

"으음. 역시 대화가 통하지 않는 분이시로군. 그래도 대영반의 핏줄이라기에 좀 통할 줄 알았건만. 아니, 오히려 그러니 더 저런 것인가?"

혼자서 의문을 가지다 혼자서 납득을 해 버린다.

하지만 무성은 녀석이 무엇을 하든 간에 전혀 신경을 쓸 겨를이 없었다.

이 시간에도 간독은 죽어 가고 있다. 이미 숨소리는 거의 들리지 않는다. 이대로는 정말 위험했다.

억지로 일어나려 한다.

하지만,

푹! 푸푸푹!

큰맘을 먹고 다가온 네 명의 검수들이 검을 역수로 쥐더니 각각 허벅지와 팔뚝을 찌른다. 관절과 근육을 교묘하게 통과해 절대 움직일 수 없게 만드는 수법이었다.

남궁준이 어느새 무성 앞에 선다.

"아무래도 이대로 보내 드려야 하는 게 맞는 것 같구려. 더 이상 추한 꼴은 보이지 마시오."

스르릉!

남궁준은 천천히 검을 뽑아 무성의 목젖에 갖다 댄다.

그러고는 가차 없이 아래로 내리쳤다.

촤아아악!

무성의 머리가 하얘진다.

이대로 끝났다고 생각했는데…… 그게 아니다.

떨어지는 것은 자신의 머리가 아니었다.

눈에 보인 건 간독이었다.

언제 눈을 뜬 건지 마지막 남은 힘을 다해 몸을 던진 것이다.

남궁준의 검이 간독의 등을 가로지른다.

핏물이 튀어 오르는 동안, 아주 짧은 시간 동안, 간독이 옆

게 웃으면서 중얼거리는 입 모양이 무성의 망막에 가득 맺힌
다.

'살. 아. 라. 애. 송. 아.'

그리고,

털썩.

간독은 바닥에 뒹굴었다. 그가 누운 자리로 피 웅덩이가
한가득 퍼졌다.

무성의 멈춰진 시간이 다시 돌아온 것은 바로 남궁준의 혼
잣말이 들렸을 때였다.

"쳇. 빗나갔나? 더러운 벌레 따위가."

남궁준이 검에 묻은 핏물을 떨어 내며 다시 내려치려는 그
때,

"컥!"

남궁준은 검을 내려치려다 말고 갑자기 입 밖으로 피를 잔
뜩 쏟았다.

"이, 이, 이게 무슨……?"

챙그랑!

몸에서 힘이 쭉 빠지면서 검이 허무하게 아래로 툭 떨어진
다.

남궁준은 허무하게 땅바닥에 무릎을 꿇고 앉아 자신의 얼
굴을 매만졌다.

손바닥으로 피가 잔뜩 묻어 나온다.

끈적끈적한 선홍빛 생혈이다.

오늘 분명 싸움을 하지 않았을 텐데……?

남궁준은 한참이나 얼굴을 매만진 뒤에야 자신이 피를 쏟고 있단 사실을 깨달았다. 입으로, 눈으로, 귀로, 코로, 칠공으로 피가 줄줄 흘러내린다.

다른 곳으로 시선을 돌리니, 무신혼을 잡는 데 혁혁한 공을 세웠던 사대 가신도 모두 칠공으로 피를 흘리다 눈이 까뒤집어진 채로 절명하고 있었다.

그들이 내뿜은 피는 간독의 피 웅덩이와 섞여 다른 시신으로 향하고, 수많은 폭발로 황폐화된 땅을 더욱 죽여 갔다.

사지(死地)가 도래했다.

"어, 어떻게……!"

"살려 줘……!"

남궁준이 대동했던 쌍존맹의 무사들도 모조리 피를 흘리며 고꾸라진다. 죽음의 범위 안에는 수룡왕과 흑산수로맹의 고수들도 즐비했다.

이 자리에 남아 있던 모든 이들이 죽어 버린다.

남아 있는 것은 오로지 남궁준과 무성뿐.

"어……떻게……?"

남궁준은 흐릿해지는 초점을 겨우겨우 잡으며 무성을 살

샅이 살피다가 근처에 나뒹구는 독낭을 발견했다.

그제야 자신들을 모두 전멸로 몰아넣은 독의 정체를 알 것 같았다.

만독부에서도 절대 밖으로 유출을 하지 않으려 노력하는 최악의 극독.

무형지독.

설마 그것을 그냥 뿌려 버릴 줄이야…….

"예언이 아니었……!"

남궁준은 그제야 학적이 머리만 좋을 뿐 사람이란 사실을 깨달았다. 그리고 무성에게서 승리를 거머쥐었다고 생각했을 때 가장 조심하라는 말뜻을 이제야 통감했다.

하지만 그걸 모두 깨달은 후에는 사신이 그들의 영혼을 모두 수확한 뒤였다.

오로지 무성만이 남아 간독을 다시 둘러업으려 한다.

하지만 그 역시 몸을 보호해 주던 기력이 흐트러져 무형지독이 침투를 하고 있어 상태가 좋질 못했다. 언제 숨이 끊어져도 이상하지 않았다.

더군다나 간독도 무형지독에서 벗어날 수는 없으니 이미 죽었다고 봐야 했다.

하지만 무성은 포기하지 않았다.

"내……가 말했지……? 뒈져도…… 강제로 다시 끌고

온……다고!"

억지로 업고서 천천히 움직인다.

한 걸음, 두 걸음. 다시 한 걸음, 두 걸음…….

누군가가 자신들을 발견해 주길 간절히 바라면서 검편이 박혀 움직이기도 힘든 팔다리를 계속 놀려 댔다. 삐거덕거리는 소리가 흐릿한 정신 너머로 들리는 것 같았다.

$$*\qquad *\qquad *$$

도강 준비를 모두 끝내고, 신호가 떨어지기만을 기다리던 무신련은 간독도 돌아오지 않아 전전긍긍했다.

그때, 갑자기 병영 입구에서 소란이 일었다.

초소 근방을 순시하던 어떤 무사가 우연찮게 근처에 쓰러져 있던 무성과 간독을 발견한 것이다.

"려, 련주님이 위급하시다! 련주님이 위급하시다!"

무신련 군영 내에 소란이 벌어졌다.

갑작스레 발견된 무성과 간독. 특히 간독은 거의 숨이 끊어지기 일보 직전이었다.

의원들이 달려와 재빨리 진맥을 시작한다.

하지만 그들의 얼굴에는 난색이 돌았으니.

"이건…… 무형지독."

"허어! 이런 것이 아직도 있었단 말인가?"

"나는 이걸 치료하지 못하오."

탄식을 흘리며 손을 놓아 버리는 의원들이 속출했다.

무신련으로서는 날벼락이나 다름없기 때문에 이게 무슨 짓이냐며 윽박을 질렀다.

의원들은 지레 겁을 먹었지만, 그들의 우두머리 역할을 맡은 불허사의는 무성과 간독의 위험성을 제대로 설명해야 했다.

무신과 한때 술친구였기도 한 불허사의의 말은 엄청난 무게를 갖고 있었다.

"만독부에서도 독존이 아니면 절대 취급을 하지 않을 만큼 대단한 독이 무형지독이오. 아니, 생전에 독존도 이걸 사용한 건 세 번을 넘기지 않는다고 했을 정도지. 그런 것들이 련주의 몸속으로 침투한 거요. 이걸 치료하겠답시고 잘못 건드렸다가는…… 우리들 의원은 물론이거니와, 군영 자체가 작살이 날 수도 있소."

그제야 군영은 위험성을 자각했다.

"그럼…… 어찌해야 한단 말입니까?"

"련주는 하늘이 내린 신인이 아니오? 어떻게든 극복할 거라 믿소. 다만, 시간이 얼마나 걸릴지는…… 게다가 간독 호법은 우리로서도 어떻게 장담할 수는 없소. 사실 이렇게 숨이 붙어 있는 것조차 대단한 것이니."

차라리 이럴 때 홍운재 장로나 후성구룡이라도 있으면 좋으련만. 홍운재 장로는 사자군과 함께 사천에, 후성구룡은 현무군에 속해 뒤늦게야 찾아온다.

지금부터 파발을 띄운다 하더라도 여기까지 오는 데 최소 보름이다.

어찌해야 할지 몰라 발을 동동 굴리는 그때,

으아아!

갑자기 맞은편에 있는 흑산수로맹이 소란스럽다.

그렇지 않아도 날이 잔뜩 서 있던 무신련은 모든 분노를 그쪽으로 쏟아부었다.

차차차창!

전투는 눈 깜짝할 사이에 벌어졌다.

누가 명령을 내린 것도 아닌데도 불구하고 창붕군이 일제히 도강을 시도한 것이다.

창붕군은 녀석들의 군영을 그대로 밀었다.

흑산수로맹은 속수무책으로 허물어졌다.

본래대로라면 전함을 이용한 화포 세례 같은 여러 장치를 사용했어야 한다.

하지만 수룡왕이 죽었다는 사실이 뒤늦게 전장을 확인하러 간 척후병에 의해 알려진 순간, 그런 작전은 모두 수포로 돌아갔다.

자고로 수적과 산적 같은 도적 떼들은 이기심 때문에라도 하나로 뭉치기가 힘들다.

그러던 것을 수룡왕이 억지로 복속시키고 있었던 것인데, 매듭인 그가 터지고 말았으니.

결국 그들 사이에 서로 수룡왕의 자리를 차지하기 위한 신경전이 벌어지는 동안, 창봉군이 급습했다.

한낱 도적들이 창봉군을 그냥 상대할 수 있을 리 만무한 일.

더구나 창봉군은 무성의 중상으로 화가 머리끝까지 치민 상태.

항복 따윈 받아 주지 않는다.

그저 흑산수로맹이라면 누구든 가차 없이 베어 넘긴다.

군영 곳곳에 불길이 퍼지고, 도적들은 혼비백산해 달아나기 시작했다.

곳곳에서 저항을 시도하는 자들도 있었으나, 그들이 가장 먼저 합공을 받아 목이 달아나니 어떻게 저항할 만한 재간이 없었다.

*　　　*　　　*

무성은 천천히 눈을 떴다.

"려, 련주!"

"정신이 좀 드는가?"

의원들이 안도에 찬 한숨을 내쉰다.

불허사의는 다급하게 달려와 무성을 진맥했다. 의식이 있는지 확인하기 위해 여러 가지 질문을 던진다.

하지만 무성은 다 무시하고 한 마디만 내뱉었다.

"제대로…… 도착했나?"

군영 근처까지 왔다가 정신을 잃은 것까지 기억은 난다. 다행히 인근에 있던 무사가 자신을 발견하고 제대로 옮겨 놓은 모양이었다.

몸 상태를 확인해 보니 엉망이다.

영목이 무형지독을 최대한 빨아들여 해독을 시키고는 있으나, 당분간은 정양하는 데 주력해야 할 것 같았다.

한편, 불허사의는 진맥을 하는 내내 두근대는 가슴을 겨우겨우 눌러야만 했다.

'무슨 눈빛이……!'

흑산수로맹과의 싸움에서 심경에 어떤 변화라도 가해진 것일까. 아니면 간독의 중상이 그만큼 악영향을 끼친 것일까.

불허사의는 언제나 존경스럽던 무성이 처음으로 무섭다는 생각이 들었다.

'그러고 보니?'

예전에도 이와 비슷한 일이 있었다.

무신 백율. 그가 아내를 잃었을 때가 꼭 이러하지 않았던가.

마치 뭘 해야 할지 모르는 것처럼 방황하고, 그 모든 화를 밖으로 분출하려 했었다. 언제나 완벽해 사람처럼 보이지 않던 그도 결국 사람이란 사실을 깨달았던 시기였다.

지금의 무성이 그와 똑같았다.

그때 무성이 억지로 몸을 일으키려 했다.

"아, 아직 일어나서는 안 되네!"

무성은 불허사의와 의원들의 말을 무시하고 두 발로 땅을 디뎠다. 찌릿하고 통증이 몰려와 이를 악물지만, 두 눈은 누군가를 찾는다.

"간독은 어디 있습니까?"

"그는……!"

"여기로군요."

무성은 머뭇대는 의원들 사이를 가로질러 옆방에 도착했다.

머리가 아플 정도로 독한 쑥 향이 풍기는 방.

그곳에 간독이 누워 있었다.

피부가 짓뭉개지고 등에 큰 상처를 입은 채로.

흉측하게 변해 버린 몰골이지만, 무성은 천천히 그에게 다가갔다. 의원들이 뒤따라 들어와 안정을 취해야 한다고 말 하려 했지만 무성의 분위기가 너무 무거워 아무 말도 할 수 없었다. 결국 불허사의의 눈짓에 따라 모두 방을 나간다.

"멍청한 놈. 누가 그렇게 당하래?"

무성은 간독을 보면서 이를 악물었다. 꼴좋다는 듯이 말하지만 목소리에는 울분이 섞인다.

한참이나 울분을 삭이다 천천히 입을 연다.

"만약 이번 일, 의숙이 관여되어 있다면 어쩔래?"

"……."

당연히 대답 따윈 돌아오지 않는다.

"난 묻고 싶어. 도대체 의숙이 갖고 있는 생각이 무엇인지. 대체 뭘 하고 싶은 건지."

무성의 목소리는 서서히 차가워졌다.

"그러니 만나야겠어. 그 후에는……."

무성의 눈가로 귀화가 타올랐다. 더 이상 오르지 않을 걸로 생각했던 귀화가.

"그때 가서 생각해야겠지."

　　　　　*　　　　*　　　　*

"헉, 헉, 헉! 여, 여기라면…… 쫓아오지…… 못하겠지?"

흑산도웅(黑山刀雄)은 수하들과 함께 한참이나 도망을 치다 한숨을 토했다.

"아, 아무리 끈질겨도 그러지는 못할 겁니다."

"이곳은 저희밖에 모르는 장소가 아닙니까?"

"제길! 언제부터 이 흑산도웅이 이딴 꼴이 되었단 말인가!"

흑산도웅은 손에 쥔 칼을 부르르 떨었다.

그 역시 신주삼십육성에 속하는 고수.

수룡왕이 수적들을 대표했다면, 자신은 산적들의 우두머리 격이었다. 그러다 흑산수로맹의 출범 당시 비무에서 패해 수룡왕에게 맹주 자리를 내주고 자신은 부맹주 자리에 만족해야만 했다.

그러다 수룡왕이 죽었단 소식을 듣고 이제야 다시 뜻을 펼칠 기회가 오는가 싶었건만.

하지만 그런 기대는 모래성처럼 흩어져 버렸다.

지금은 이렇게 목숨을 부지하는 게 용한 신세였으니.

"일단은 본거지인 형산까지 이대로 달아난다. 그곳에서 다시 세를 규합하자."

"예."

"존명."

수하들은 비장한 얼굴로 고개를 끄덕인다.

흑산도웅은 그런 녀석들이 너무나 고마웠다.

이들이 없었더라면 여기까지 올 수도 없었을 것이고, 이 상황에 재기도 꿈꾸지 못하리라.

이들과는 태어난 날은 달라도 눈을 감는 것만큼은 한날한시에 같이 하고 싶었다.

"그럼 이제 서두르자. 하루라도 빨리 세를 규합해야 곧 들이닥칠 무신련 놈들을 조금이라도 상대할 수 있을 터이니."

흑산도웅은 숨을 고르면서 천천히 일어섰다.

이곳이 휴식을 취하긴 좋다고 해도 창붕군에게 언제 발각이 될지 모르니 오래 있는 것은 좋지 않았다.

그런데 이상하게 즉각 돌아올 대답이 없다.

"뭘 하는……! 헉!"

흑산도웅은 고개를 돌리다 말고 헛바람을 들이키고 말았다.

방금 전까지만 해도 같이 숨을 돌리며 물병을 교환하던 수하들이 모두 목이 잘린 채 바닥에 널브러져 있었다.

그들은 자신들이 죽었는지도 모르는 듯, 얼굴에 피로와 함께 웃음기가 가득한 채였다.

그리고 그 위.

귀화 한 쌍이 허공에 둥둥 떠다닌다.

보는 것만으로도 간담이 서늘해지고 머릿속을 새하얗게 만드는 귀화.

마치 피를 잔뜩 머금은 것처럼 새빨갛다.

그 귀화의 주인을 알아본 흑산도웅은, 어째서 이자가 여기에 있을 수 있는지 의문과 함께 날아오는 섬광에 목이 잘려나가야만 했다.

"무……신련주……!"

결국 한날한시에 죽겠다는 흑산도웅의 소망은 손쉽게 이뤄졌다.

"셋."

"쌍존맹은? 쌍존맹도 모두 죽었단 것이냐?"

"하나도 보이지 않습니다."

"제기랄!"

수룡왕의 오른팔, 교한(蛟漢)은 이를 바득바득 갈았다.

주군의 명령을 받아 희생양으로 삼을 만한 자들을 반대파에서 추려 보내고 시기만을 기다리고 있었건만.

이왕이면 수룡왕이 무신련주와 싸우다 뒈졌으면 좋겠다는 생각을 하긴 했지만, 그래도 이렇게 허망하게 죽는 것은 사양이었는데.

일이 이렇게 되어 버릴 줄이야!

더구나 큰 힘이 되어 줄 줄 알았던 쌍존맹의 전멸은, 너무나 뼈아프게 다가왔다.

흑산수로맹의 남은 고수들이라고 해 봤자 모으고 또 모아도 이제는 창붕군의 일개 단(團) 하나를 상대하는 것조차 버겁다.

이렇게나 허망하게 무너질 것이었나.

교한은 자신이 고생해서 이룩한 것들이 속수무책으로 당하는 것을 보면서 이를 악물었다.

"……일단은 몸부터 내뺀다."

하지만 아무리 원통하다고 해도 일단 목숨을 부지해야 뭐라도 할 수가 있다.

그렇게 돌아서려는데,

화아악!

귀화가 그들의 앞을 가로막는다.

"히이이익!"

"저, 저게 뭐야!"

수적들은 귀화를 일렁이며 천천히 걸어 나오는 사내를 보고 잔뜩 굳어 버리고 말았다.

교한은 아예 이를 달달 떨었다.

익숙한 얼굴이 걸어 나온다.

"무신련주, 죽은 게 아니었나?"

무성이 입꼬리를 비튼다.

"너희들을 모두 쓸어버리기 전에는 도무지 눈을 감을 수가
없더군."

무성은 그 말만 남기고 몸을 날렸다.

쉭!

흐릿한 잔영이 귀신처럼 그들 사이를 누비고,

촤아아악!

목이 하늘로 튀어 올랐다.

"열다섯."

무성의 혼잣말이 가득 울려 퍼지다 사라진다.

산적, 수적, 가릴 것 없이 도망치는 이들은 모두 하나같이
귀신을 만났다.

두 눈에 귀화를 활활 태우는 귀신을.

그리고 귀신이 방문한 자리에는 죽음만이 내려앉았다.

"……삼백."

                    *   *   *

흑산수로맹의 군영을 접수하는 것은 반나절이면 충분했다.

창붕군은 포로들을 모두 한곳에 격리하는 한편, 잔당들을 추격하기 위해 몇몇을 추려 내보냈다. 그리고 그들이 돌아오면서 올린 보고를 어떻게 받아들여야 할지 몰랐다.

"모두 죽어 있었습니다."

"전멸했습니다."

"저희가 이미 도착했을 때는 모두 주검이 되어 있었습니다."

창붕군으로서는 기도 안 찰 일이었다.

"모두 죽었다고? 도망친 게 아니라?"

본래 계획 상 남은 산적과 수적들은 호남과 호북으로 몰아넣기로 되어 있었기 때문에 추격에 그렇게 공을 들였던 것은 아니었다.

그런데 그들이 하나같이 몰살이 되어 있었다니.

다른 누군가가 자신들을 도와주는 게 아니면 절대 있을 수 없는 일이다.

하지만 과연, 어느 누가 있어 산발적으로 도망치는 이들을 착실히 척살할 수 있단 거지?

바로 그때 군영 내로 무성이 들어왔다.

"련주!"

"어딜 다녀오시는 길이십니까?"

무사들은 그제야 뒤늦게 무성이 의실에서 나왔다는 사실을 깨닫고 기겁을 하고 말았다.

불허사의가 최대한 안정을 취해야 한다는 말을 했었기 때문에 더 놀랄 수밖에 없었다.

하지만 무성에게 다가가려는 순간, 그들은 흠칫 굳어 버리고 말았다.

피를 흠뻑 뒤집어쓴 혈인(血人)의 몰골. 무성을 따라 음습한 기운이 감돈다. 꼭 원귀와 망령이 꼬리처럼 따라다니는 것 같다는 생각이 들었다.

언제나 존경 가득한 얼굴로 무성을 바라보던 무사들의 얼굴에 처음으로 두려움이 맺힌다.

그런 사실을 아는지 모르는지, 무성은 차갑게 말했다.

"계획을 바꾼다. 강남을 최대한 빨리 접수하도록."

                    *   *   *

무성의 명령은 곧 무신련의 뜻이다.

창붕군은 천천히 진격한다는 기존의 계획을 살짝 틀면서 생각보다 일찍 장강과 운하를 건넜다.

그리고 파죽지세로 흑산수로맹의 영역을 밀어붙였다.

더 이상의 저항은 용납하지 않겠다는 듯, 창붕군은 지나가는 자리에 아무것도 남기지 않았다.

도적 떼는 철저하게 궤멸시켰고, 따르기를 머뭇거리는 문파가 있으면 그들까지 그대로 짓밟았다.

그러면서도 민중의 생활에 방해는 되지 않게 철저한 군율을 보였으니, 그들에 대한 신망은 아주 드높았다.

그렇게,

절강은 닷새, 복건은 열흘, 강서는 보름 만에 접수를 끝내면서 무신련은 호남에 서서히 발을 들였다.

저 멀리 동정호가 다시 보였다.

바로 그때 한 장의 서찰이 군영에 도착했다.

사천에 드디어 대영반이 나타났다는 내용이었다.

"촉로에 있었단 말이오?"

"예. 저들이 철저한 유격전만을 고집하는 터라, 사자군이 쉽게 귀주를 통과하지 못한다고 합니다."

촉로지난(蜀路之難)이란 말이 있다.

촉의 길은 어렵기만 하니, 이는 무수히 많은 산세에 둘러싸여 바깥과 교류가 어려운 사천을 가리키는 말이 되었다.

실제로 삼국시대 때는 유비가 조조와 손권에 맞서 사천에 웅거를 할 수 있었던 이유이기도 하다.

그런 지형을 바탕으로 저항을 노린다면 제압하기 어려울 수밖에 없다.

하물며 상대가 사천의 토박이인 집무회이고, 그들을 다루는 존재가 대영반 진성황이라면 더더욱.

무성은 협조를 요청하는 사자군의 서찰을 보면서 살짝 눈살을 좁혔다.

가느다란 눈가 사이로 귀화가 타오른다.

"여기에 있었단 말이지……."

마치 무성이 근방에 도착하기를 기다렸다가 이제야 모습을 비친 것 같다는 생각이 든다면, 그것은 단순한 착각일까?

무성은 지금 이 모든 것들이 노림수라고 생각했다.

무성의 눈과 귀를 가려 무작정 끌어들이려는 수작.

이미 한 차례 당했듯이, 그곳에도 무성을 잡으려는 덫이 있을 테지.

일종의 심리전이다.

무성은 이 모든 것들을 꿰뚫어 보았다.

하지만,

"그럴수록 더 가 드리겠습니다, 의숙."

무성은 저들의 도발을 흔쾌히 받아들였다.

지금은 한유원을 하루라도 빨리 만날 수 있다면 아무래도 좋았다. 묻고 싶은 게 너무 많았다.

묻고 싶은 것이.

하지만 그런 무성의 생각은 처음부터 또 막혔다.

"아무래도 진군을…… 조금 멈춰야 할 것 같습니다."

"왜 그러오?"

"현무군으로부터 연락이 당도했습니다."

무성은 여태 아무런 말도 없이 조용히 뒤를 따르면서 창붕군과 사자군이 지나간 길을 정리하던 현무군에 어떤 일이 생겼음을 직감했다.

'또 의숙인가?'

무성은 귀화를 더 태우면서 고개를 끄덕였다.

"갖고 오시오."

"서찰이 아니라, 사람이 도착했습니다."

곧 막사가 열리면서 남소유가 나타났다.

무성의 부탁에 따라 유화를 보호하기 위해 현무군에 남았던 그녀는 먼 길을 달려왔는지 행색이 많이 흐트러져 있었다.

남소유는 몇 달 만에 재회한 무성이 반가워 한달음에 달려오려다 흠칫 굳어 버리고 말았다.

무성을 따라 흐르는 귀기(鬼氣)가 불가의 맥을 이은 그녀의 피부를 따끔거리게 만들었다.

'대체……?'

간독이 생사지경을 헤매고 있어 무성의 심중에 어떤 변화가 있었다는 말은 들었지만, 이 정도일 줄은 몰랐던 그녀로서는 무성이 낯설기만 했다.

목소리 또한 차가웠다.

"현무군에 무슨 일이라도 있는 거요, 남 소저?"

남소유는 가슴에 응어리진 것을 묻고 싶었지만, 주변에 보는 눈이 많아 말없이 고개를 끄덕였다.

"강남 지역의 세 왕이 반란을 일으켰어요."

"드디어 터질 것이 터졌군."

이유가 어찌 되었건 간에 기왕은 강호의 힘을 빌려 황위를 찬탈한 꼴이다. 당연히 황도에서 거리가 떨어진 왕부들은 발등에 불똥이 떨어질 수밖에 없다. 강남의 제일 군벌이었던 초왕이 죽었으니 다음은 자신들이라 여기는 것이다.

"오(吳), 하(夏), 월(越)이에요."

"역시 초왕부를 병탄할 때의 삼왕이로군요."

초왕부를 휩쓸 당시에 기왕과 더불어 어깨를 나란히 했던 이들. 초왕의 권역을 그대로 빼앗으면서 성장했던 이들이 이제는 이쪽으로 창날을 겨눈다.

이를 일컬어 삼왕(三王)의 난(亂)이라 한다.

강호에서는 집무회와 흑산수로맹의 잔당이, 황실에서는 삼왕이 난을 일으켜 정국을 혼란으로 몰아넣는다.

마치 자로 잰 듯이 일사불란하게 벌어지는 일들은, 그 뒤에 제대로 된 흑막이 있음을 시사해 주었다.

당연히 그 흑막이란 것은 뻔하다.

한유원.

또 그다.

'의숙. 당신은 대체……!'

무성은 아랫입술을 질끈 깨물었다.

"하면 그들 삼왕이 향하는 곳은 당연히 장강일 테고……."

"예. 지금 현무군의 발목이 묶이고 말았어요. 더 이상의 남하는 어려워요."

황실에서 군병을 소집해 난을 진압하려 해도 아직 정국이 진정되지 않은 마당이라, 시간이 많이 소요될 수밖에 없다.

그렇다면 당장에 저들의 진격을 막기 위해서라도 무신련이 버티고 설 수밖에 없다. 때마침 창붕군의 위치도 대군이 넘어서기 좋은 동정호를 목전에 둔 곳이 아닌가.

현무군과 창붕군, 두 곳이 한데로 뭉쳐 장강에 단단히 틀어박혀야만 한다.

각지에서 일어난 난리는 무신련의 발목을 모두 묶어 버리고, 진성황은 당당히 나와서 활개를 친다.

이것이 무엇을 의미하겠는가?

나는 이곳에 있으니 얼마든지 찾아오너라!

한유원이 저 너머에서 자신을 부르고 있었다.

"무……성?"

남소유는 무성의 얼굴에 드리운 짙은 그림자를 보고 놀란 마음에 살짝 그를 쳐다봤다.

하지만 무성은 대답 없이 긴 고민에 잠겼다.

그렇게 장고(長考) 끝에,

"숙부께서 부르신다면…… 당연히 찾아뵈어야지요."

무성은 결론을 내렸다.

                    *   *   *

촤아아아!

잔잔한 물살이 바람에 흔들린다.

동정호에 마련된 배 위로 무성과 남소유가 오른다.

불허사의는 잔뜩 굳은 얼굴로 무성을 쳐다봤다.

"정녕 그런 몸으로 가야만 하겠는가? 이미 한 번 홀로 움직이다가 다쳐 놓고선?"

무성은 씁쓸하게 웃었다.

"제가 없는 동안, 간독을 잘 부탁드리겠습니다."

"어째 자네들 사형제는 나에게 짐만 한가득 안겨 줘. 스승부터 제자들까지, 어찌 그리 다들 똑같은지 원."

"그게 사문의 내력인가 봅니다."

무성은 피식 웃더니 포권을 취했다.

"지휘 체계는 현무군 쪽으로 넘겨 놨으니 그쪽의 뜻에 따라 삼왕을 막아 주십시오."

"늙은이들에게 인사나 잘 전해 주시게나."

"예."

그렇게 배가 떴다.

"무성."

남소유는 무성의 뒤편에 섰다.

하지만 선두에 서서 가만히 동정호의 물결을 바라보는 무성의 눈빛은 꿈쩍도 않는다.

대답도 없다.

그저 어떤 생각에만 계속 잠겨 있을 뿐.

"무성."

그래서 남소유는 그를 다시 불렀다. 그러나 여전히 대답은 없다. 남소유는 아랫입술을 질끈 깨물더니 이내 비장한 얼굴로 말했다.

"간독은…… 괜찮을 거예요."

그녀 역시 갑자기 사천으로 가겠다는 무성을 따라 부랴부랴 준비를 마친 뒤, 떠나기 전에 간독에게 잠깐 들렀었다.

피골이 상접하고 호흡만 겨우 내뱉는 모습을 보고 있노라니 가슴이 찢어질 것만 같았다. 처음에는 악연으로 만났어도 오랜 세월을 함께해 왔던 동료가 죽을지도 모른다는 사실이 가슴을 후벼 팠다.

더군다나 그 원인을 제공한 사람이 한유원일지도 모른다는 말을 들었을 때는 억장이 무너졌다.

대체 무슨 일이 벌어지는 거지?

남소유가 다른 생각에 빠지는 그사이에도 무성은 아무런 대답을 하지 않았다.

이틀 뒤에도, 사흘 뒤에도, 무성에게는 그 어떤 말도 들을 수 없었다. 아무리 남소유가 말을 붙여도 무성은 그저 입을 다물기만 할 뿐.

아침이 되면 선두에 나와서 동정호의 물살을 구경하다가 밤만 되면 다시 선실로 들어가길 여러 차례.

계속 뒤를 따르는 남소유로서는 답답할 노릇이었다.

무성이 마음에다 둘러친 벽은 어떻게 해도 넘어가기가 어려운 난공불락으로만 보였다.

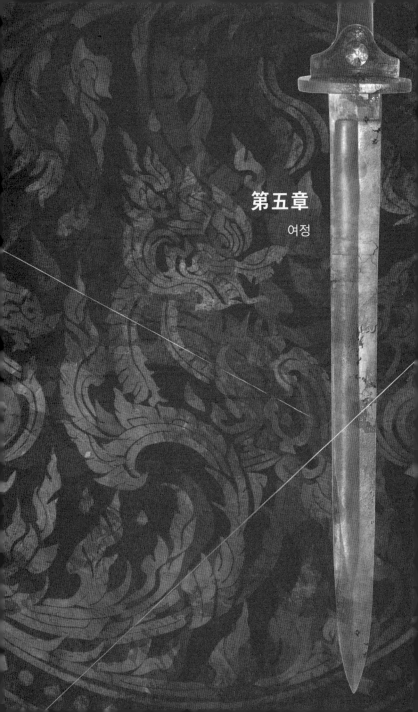

第五章

여정

배는 중경의 어느 선착장에 멈췄다.

무성과 남소유는 천천히 나루터에 발을 들이다 살짝 인상을 굳혔다.

숫자를 헤아리기 힘든 수많은 유민들의 행렬. 며칠을 제대로 씻거나 끼니를 때우지 못했는지 꾀죄죄한 몰골에 등에는 저마다 보따리를 짊어지고 있다.

몇몇 유민은 행렬에서 이탈해 선착장으로 와서 선원과 선객들에게 구걸을 하기도 했다.

하지만 선객들은 그들이 무서워 달아나기 바쁘고, 선원들은 저리 꺼지라면서 무기를 들고 그들을 제지하고 있었다.

"쯧! 결국 여기도 일이 터지고 말았구만!"

선원은 가래를 땅에다 '퉤!' 하고 뱉고 돌아서려다 흠칫 놀라고 말았다.

선녀처럼 아름답게 생긴 사람이 자신을 보고 있었다. 남소유였다.

"한 가지 여쭈어도 될까요?"

"그, 그러시오."

선원은 배를 운행하는 내내 선원들 사이에서도 꽤 유명했던 남소유를 바로 눈앞에서 보자 두근거리는 마음을 감출 수가 없었다.

"저들은 뭔가요? 흉작이라도 벌어졌나요? 하지만 올해는 병충해도 없어 소출이 괜찮은 편이라 들었는데요."

하지만 남소유가 유민들을 가리키자, 선원의 두근거리던 가슴이 금세 싸늘하게 식어 버렸다.

저 골치 아픈 것들을 보니 며칠 후에 또 어떻게 배를 띄우나 싶었다. 분명 또 서로 태워 달라면서 달려들 텐데.

"뭐긴 뭐요, 전쟁 난민들이지."

"난민?"

남소유의 눈이 커진다.

"그렇소. 요즘 안 그래도 한바탕 시끄럽지 않소? 강호며 천하며 가릴 것 없이 온통 전쟁이니…… 어디 남아 있는 게 있어야지."

선원은 남소유가 잔뜩 굳었단 사실을 깨닫지 못했다.

"에이, 빌어먹을 세상 같으니라고! 수도에 변란이 생겼다 들어서 혹시나 했는데, 무신련인지 뭔지가 날뛰고, 그 뒤에는 삼왕들이 또 미쳐 날뛰지 않소?"

"하지만 무신련은 이런 전쟁을 종결시키기 위해 일어섰다고 들었습니다만."

"종결? 누가?"

선원은 냉소를 흘렸다.

그럴수록 남소유의 인상은 더더욱 굳어진다.

"그네들이야 내세우는 명분이 언제 안 그럴듯한 적이나 있소? 말이야 번지르르하지, 결국엔 자기 권력욕 때문에 벌어진 일인데! 백성들이 거기에 대해서 알고나 있을까?"

"⋯⋯."

"이곳만 그런 것이 아니오. 이미 삼왕의 영지는 마을에 사람이 남아 있는 게 신기하고, 그나마 있는 남정네들은 죄다 징병되어 죽창이나 겨우 쥐고 있는 실정이오."

선원은 배를 보면서 살짝 눈살을 좁혔다.

"그렇지 않아도 이 배 역시 자칫 징병에 끌려갈 수도 있는 판국이라⋯⋯ 그래도 중경으로 왔던 건 그네들을 좀 피할 수 있을까 싶어서였는데, 중경에도 이렇게 전란이 미친 것을 보면 우리도 갈 곳이 이제는 거의 없어진 셈이지."

남소유는 선원의 넋두리 아닌 넋두리를 한참이나 듣다가 감사하다는 말을 남기고 자리를 떴다.

무성은 나루터 입구에서 난민 행렬을 계속 쳐다보는 중이었다.

여전히 한 일자로 다문 입은 열리지 않지만, 그 속에 많은 말들이 뭉쳐 있음을 알 수 있었다.

특히 눈빛.

간간히 귀화로 번뜩이던 두 눈이 크게 흔들린다.

전혀 생각지도 못한 일에 당황하는 중이란 뜻이다.

두 사람은 그렇게 한참이나 난민 행렬을 보다가 조용히 자리를 떴다.

무성과 남소유는 중경을 거쳐 사천성의 성계 부근으로 이동했다.

도보를 걷는 내내 곳곳에서 난민들을 볼 수 있었다.

구걸을 하는 사람들은 기본이고, 그나마 있는 것을 서로 빼앗거나, 심지어 유민들끼리 뭉쳐서 과객들의 돈주머니를 털거나 공격을 하기까지 했다.

그렇다 보니 어떤 마을에서는 그들을 내쫓기 위해 자위대를 만들 정도였다.

"어떻게 이런 일이……!"

남소유는 아랫입술을 질끈 깨물면서 이걸 대체 어찌해야 하나 발을 동동 굴렸다.

불가의 덕목은 자비.

속가라고는 하나, 소림의 제자로서 이들을 그냥 지나칠 수는 없었다.

그때 저만치 먼 곳에서 덩치 큰 아이들에게 둘러싸여 발로 짓밟히는 아이가 보였다.

아이는 몸을 잔뜩 말아서 덜 얻어맞으려고 했지만, 그럴수록 발길질은 심해졌다.

남소유는 뒤도 안 돌아보고 그쪽으로 달려들었다.

"너희들 이게 무슨 짓이야!"

꼬마들은 남소유를 힐끗 보더니 이런 일에 익숙한 듯 전혀 당황하지 않고 부리나케 도망쳤다.

남소유는 그들을 쫓지 않고 바닥에 잔뜩 웅크린 아이를 부축했다.

"괜찮니?"

덜덜덜.

아이는 여전히 자세를 풀 줄 몰랐다.

"때리지 말아 주세요. 때리지 말아 주세요."

"얘야."

남소유가 아이를 일으키려는 순간,

"히이이이익! 사, 사, 살려 주세요!"

아이는 남소유의 손길이 닿자마자 기겁을 하면서 더 크게 와들와들 떨었다.

대체 얼마나 괴롭힘을 당했던 걸까.

남소유는 크게 당황하지 않고 천천히 아이를 일으켜 주었다.

"난 해치지 않아."

"살려 주세요. 제발, 제발."

아이는 여전히 경계심을 풀지 않고 눈조차 마주치지 못한다.

남소유는 이 아이를 어떻게 달랠까 하다가 굶주림으로 앙상하게 마른 몸을 보고 방금 전에 노점상에서 샀던 찐빵을 떠올렸다.

"하나 먹을래?"

그녀는 품에서 찐빵을 하나 꺼내 내밀었다.

아이의 눈이 처음으로 살짝 커진다. 그래도 경계심은 쉽게 사라지지 않았다.

"저, 정말 머, 먹어도 되나요?"

"그럼."

아이는 결국 자제심을 잃고 찐빵을 받아 허겁지겁 입에 밀

어 넣었다. 혹시 남소유가 마음을 바꿀까 싶어 몸을 돌려 와
구와구 먹어 치웠다.

남소유는 괜찮으니 천천히 먹으라고 타일렀지만, 며칠 만
에 음식을 먹은 아이의 귀에는 들리지 않았다.

아이는 다 먹고 난 뒤에야 다시 남소유를 바라봤다.

하지만 녀석의 눈은 남소유가 아닌, 그녀가 품속에 찐방이
가득 든 주머니에 향했다.

"더 먹고 싶니?"

"도, 동생들이 있어요."

"몇이나?"

"두, 둘……."

"착한 아이로구나."

"……."

남소유가 머리를 쓰다듬는다.

아이는 부끄러운지 얼굴이 빨갛게 달아올라 고개를 푹 숙
였다. 아까 전에 맞고 있던 것도 동생들에게 줄 음식을 찾다
가 그런 것일까?

남소유는 찐빵이 가득 든 주머니를 내밀었다.

"얼마 안 되지만 동생들이랑 나눠 먹으렴."

아이는 고맙다는 말도 제대로 하지 않고 주머니를 확 하고
낚아채더니 바로 후다닥 도망쳤다.

남소유는 놀란 얼굴이 되었다가 곧 미소를 지었다.

찐빵 몇 개로 아이의 고난이 사라지는 것은 아니지만 잠시라도 동생들과 행복했으면 하는 마음에서였다.

하지만 그녀의 미소는 오래가지 않았다.

"누가 대체……!"

마을을 벗어나는 길목.

사람들이 눈길도 주지 않는 곳에 한 꼬마 아이의 시신이 있어 불길한 마음에 확인을 했더니, 찐빵을 나눠 줬던 그 아이가 누워 있었다.

절대 뺏기지 않으려는 듯 다 찢겨진 주머니를 품에 꼭 끌어안은 채 숨이 끊어진 아이.

두 눈은 눈물로 가득하다.

무성은 아이에게 남은 상처를 보고 고개를 저었다.

"먹을 걸 갖고 가다가 봉변을 당한 것 같습니다."

"설마……!"

남소유는 고개를 번쩍 들었다. 고작 먹을 걸로?

"배고픔은 무엇이든지 가능케 하죠. 설사 그것이 인륜을 거스르는 일이라도 벌어지게 하니까요."

남소유는 가슴이 쿡쿡 쑤셔 옴을 느꼈다.

그녀 역시 어린 시절이 불우했다고는 하나, 배고픔은 모르고 자랐다. 스승은 자신이 굶는 한이 있더라도 그녀의 주린 배를 채워 주려 했으니까.

그런데 세상은 그녀가 생각했던 것 이상으로 각박하기만 했다.

이 아이가 이렇게 다친 것이 자신 때문인 것만 같아 가슴이 찢어질 것만 같았다.

'그 녀석들!'

남소유는 문득 이 아이를 때리던 꼬마들을 떠올렸다. 만약 그 아이들 뒤에 뭔가가 있다면? 먹을 걸 강제로 모으는 우두머리가 있다면?

반검을 쥐는 남소유의 손길에 바짝 힘이 실린다.

한편으로는 여전히 말투가 차갑기만 한 무성이 밉다.

그래서 한마디 하려 했지만,

"……."

무성의 눈가에 살짝 맺힌 눈물을 보고 고개를 돌리고 말았다.

그녀만큼이나 무성도 많은 생각을 갖고 있던 것이다.

그곳엔 이름 모를 봉분이 세워졌다.

그리고 그날, 왈패 조직 하나가 소리 소문 없이 사라졌다.

이후에도 남소유는 안 되어 보이는 사람들이 있을 때마다 직접 나서서 도와주기도 했다.

하지만 그런 선의도 한두 번만 가능했다.

어린아이가 안되었다 싶어 먹을 걸 내주면 다른 어른들이 달려들어 먹을 걸 뺏어 버리고, 적선이라도 해 주면 잠시 후엔 덩치 큰 패거리들이 달라붙어 더 큰돈을 요구한다.

그때마다 내쫓아 버리기는 했지만, 남소유의 마음속 문도 서서히 닫혔다.

난민의 숫자는 구제할 수 없을 정도로 많다.

그들을 일일이 도와주지도 못할 뿐더러, 이미 난민들은 저들끼리 다시 뭉쳐 도적 떼로 서서히 돌변하고 있었다.

저러다 민란이 벌어지는 것은 아닌가 하는 우려가 들 정도였다.

'강 하나 넘었다고 이렇게까지 다를 수 있는 걸까?'

강북에서 나올 때까지만 하더라도, 아니, 운하가 있는 강동 지역을 지날 때까지만 하더라도 이런 광경은 거의 보지 못했건만.

선원이 일전에 말했듯이 삼왕의 영역에서부터는 상황이 너무 심각했다.

특히 섬서, 중경, 귀주가 맞닿는 성계(省界)에 다다랐을 때 마주친 상황이 가장 극심했다.

"들여보내 주시오! 우리도 들여보내 달란 말이오!"

"이 난리통에 우리더러 어디로 가란 말이오!"

"아무것도 안 할 테니……!"

"우리가 안 된다면 아이들만이라도! 아이들만이라도 안에 들여보내 주세요!"

유민들이 성곽에 달라붙어 들여보내 달라면서 아우성을 친다.

그때마다 관병들은 성문을 꼭 걸어 잠근 채, 창날을 그들에게 겨누기까지 한다.

"썩 꺼져! 너희들 같은 무뢰배들이 발붙일 곳은 어디에도 없으니까!"

"제발! 제발!"

도와 달라는 구원의 목소리가 하늘을 찌르지만, 관병들은 열어 줄 기색이 전혀 없었다.

도리어 밑에서 그들을 제지하는 관병들의 얼굴엔 노골적으로 두려운 기색까지 어린다. 이들이 폭동을 일으키면 무슨 일이 벌어질지 두렵기만 하다.

남소유는 그들을 보면서 죽은 아이를 떠올렸다.

동생들에게 줄 먹을거리를 지키다 죽은 아이. 저들의 모습은 그 아이와 다르지 않았다.

그저 살기를 바랄 뿐이다.

그들이 잘못한 것도 아니다.

그저 죄가 있다면 힘없이 태어났다는 것밖에는.

*　　　*　　　*

무성과 남소유가 성계를 통과해 지날 때까지 본 것은 역시나 엉망이 된 도시들이었다.

곳곳에 유민과 난민들이 엉키고, 관군들은 그들을 제지하려 든다. 그럴 때마다 충돌이 벌어지고 유혈 사태가 발생한다.

어수선한 시기.

난세가 도래했다며 소리를 치는 자들이 많았다.

"오왕이 드디어 무신련과 부딪쳤다더구만."

"하왕은 귀주를 넘어 장강을 목전에 뒀다지?"

"바로 넘을 것이라더군. 기왕, 아니, 당금의 황상이 옥좌를 얻은 것처럼 곧장 황도로 진격할 셈이라던데."

"월왕은 추후를 볼 셈이란 말을 들었고."

"이곳은 집무회인지 뭔지 하는 놈 때문에 시끄러워 죽겠건만. 쫓겨났던 대영반이 나타났다는 소문도 있고."

"곳곳이 난리야."

"세상이 미쳐 돌아가는 게지."

"왜 아니겠는가 말이야."

객잔에서 음식을 먹을 때마다 듣는 것은 세상 한탄이 대부분이었다.

머리에 든 게 좀 있다 싶은 지식인들은 저마다 술을 마시면서 복잡해질 정국을 걱정한다.

반면에 힘이 있는 농민들은 탁상을 치며 분개한다.

"차라리 이럴 것 같으면 아예 세상을 뒤집어 버리는 게 낫지! 언제까지 이렇게 개돼지만도 못한 삶을 살아야 한단 말인가!"

"목소리 좀 낮추게. 다른 사람들이 들어."

"하! 들으면 들으라지! 내가 어디 틀린 말 했는가?"

덩치가 큰 거한은 술에 거나하게 취한 듯 얼굴이 새빨갰다.

같이 마시던 사람이 어떻게든 그를 말려 보려 했지만, 거한은 힘으로 손길을 치웠다. 도리어 눈을 부리부리하게 뜨며 객잔 내부를 강하게 훑어본다.

"지금 이 땅에 조정이 어디 있고 질서가 어디 있냔 말이야! 탐관오리 놈들 때문에 등골이 휘어라 일하다가 황위가 바뀌었다는 말 듣고 이제야 좀 살길을 찾나 싶었는데! 오히려 더 엉망이지 않은가! 도처에 도적 떼들이 날뛰는데 우리더러 어찌 살라고! 천한 것들은 백성도 아니냔 말이야!"

도처에 도적 떼들이 날뛴다. 진짜 도적만을 의미하는 것이 아니다.

유민, 난민, 탐관오리, 조정…… 모두를 말한다.

"거기다 무신련인지 뭔지 하는 것들도 나타나서는 서로 지지고 볶고 난리도 아니지! 겉으로는 의니 협이니 거창하게 떠들어 대도 결국엔 제 욕심을 부리는 것들이잖아! 안 그래?"

취기 때문에 목소리는 우렁차다.

"다 미쳤어! 다 미쳤다고! 세상이 미쳤어!"

"제발 좀 그만하게!"

동료는 이대로 있다가는 정말 사달이 벌어지겠다고 여겼는지, 점소이를 불러 계산을 끝내고 거한을 부축하며 부리나케 객잔을 벗어났다.

거한이 나가고 나서도 객잔은 조용했다.

다들 술을 더 시키거나 마시면서 한숨을 토한다.

한쪽 구석에서 가볍게 소채를 먹던 남소유는 가슴이 답답했다.

이러려고 시작한 싸움이 아니었건만.

하지만 이들의 눈에는 전혀 다른 것이 없는 걸까?

탁.

무성이 그릇 위에다 젓가락을 내려놓았다.

"무성."

"……"

아직 절반도 다 먹지 않은 그릇.

무성은 생각이 많은 얼굴이었다.

입을 꾹 다문 채 한참이나 그릇을 본다. 따끈따끈했던 소면은 다 식었고, 면이 국물을 모두 먹어 부푼다.

'무성의 분위기가 달라졌어.'

남소유는 살짝 놀란 눈이 된다.

여태 무성을 감돌던 쌀쌀한 분위기와 눈가에 맺혔던 광기가 어느 순간부터 보이질 않는다.

한유원으로 인해 간독이 크게 다치고, 세상이 혼란스러워진 것 때문에 그를 많이 원망하던 모습이어서 가까이 다가가기 어려웠건만.

대체 그사이에 심경에 무슨 변화가 있었던 걸까.

이곳으로 오는 내내 시끄러운 세상밖에 본 게 없는데.

"남 소저."

"예."

군을 나오고 나서 간만에 입을 열었다.

남소유가 고개를 끄덕인다.

무성은 여전히 본래의 모습은 되찾지 못했지만, 한결 유순해진 표정으로 말했다.

"확인할 게 있어 잠깐 옆으로 새고자 합니다. 괜찮겠습니까?"

"어디로든지."

허락이 떨어지자, 무성은 무겁게 고개를 끄덕였다.

달이 진 밤.

새벽녘, 두 사람은 객잔을 나섰다.

이미 하루치 숙박비를 지불했지만 개의치 않는 듯, 무성은 이틀이나 내달리다가 어느 평원에 들어섰다.

그곳엔 커다란 깃발이 있었다.

"하왕?"

남소유의 얼굴에 경악이 번진다.

당금에 벌어진 난의 주인, 삼왕 중 한 명.

귀주의 주인으로서 언제나 조용히 살고 있다던 그가 저곳에 있었다.

"무성, 혹시?"

무성은 하왕의 군영을 한참이나 노려보더니 갑자기,

"하아아아……."

무성은 길게 한숨을 토하며 작게 중얼거렸다.

"젠장. 이래서는 달라진 게 하나도 없잖아."

남소유의 눈이 살짝 커진다.

무성이 이쪽을 보며 웃는다. 딱딱했던 분위기와 광기가 물로 씻은 듯이 가신다.

"이런 저라도 뭔가 할 수 있다면 해야 하지 않겠습니까? 전란을 막지는 못하더라도."

"……!"

목소리에 힘이 실린다.

남소유는 확신했다.

무성이…… 돌아왔다.

"무성!"

무성이 입가에 희미한 미소를 폈다.

"사실 이곳으로 올 때까지 당장 의숙을 만나 어찌 된 영문인지 따져야겠다는 생각밖에 없었습니다. 어찌 보면 눈이 멀었던 것이지요."

무성은 여태 자신이 어떤 반응을 보였는지를 잘 알고 있었다.

"어쩌면 숙부님은 그걸 바라셨던 것인지도 모르겠습니다. 제가 눈이 멀기를. 수장이 앞뒤를 분간하지 못한다면 조직도 와해될 수밖에 없으니까요."

입마(入魔).

마에 빠지다.

이건 모든 무인들이 짊어지는 멍에와 같다.

그건 지고한 경지에 오른 무성도 다르진 않다.

"무릇 군주란 눈은 아래로 두되, 머리는 맑게 하고 있어야 하니까요."

묵자에 나오는 말이다.

"어째서……."

"왜 갑자기 마음이 변했냐고요?"

남소유는 대답 없이 크게 고개를 끄덕였다. 어째서 심경에 변화가 일어난 걸까.

"이곳으로 오는 내내 보지 않았습니까? 수많은 전란의 후유증을. 피폐함을."

무성이 처음 피난민들을 봤을 때 받았던 느낌은 충격이었다.

도대체 무슨 일이 벌어지는 거지?

"거기서 눈을 돌렸다면 전 여전히 똑같았겠지요."

이들이 이렇게 된 건 혹시 내 책임인가?

아니다.

대영반이 욕심을 부리고, 한유원이 계책을 쓰고, 삼왕과 집무회가 여기에 동조를 했기 때문에……!

아니구나.

전부 나 때문이구나.

동생들에게 줄 먹을거리를 품에 안은 채로 눈을 감은 아이를 보고, 성벽을 넘지 못해 울분을 터뜨리는 난민들을 보고, 술을 마시며 세상을 한탄하는 사람들을 봤다.

"처음 우리가 검을 쥐었을 때를 기억하십니까?"

남소유는 고개를 끄덕였다.

"우리 같은 사람을 더 이상 만들지 말자고 했잖아요."

"예. 무신련이 보이는 억압과 부조리에 당한 피해자들이 더 이상 생기지 않도록 나서자고 하였지요. 그리고 부딪쳤고……깨졌습니다."

하지만,

"깨졌어도 그냥 깨진 것은 아니었습니다. 우리는 이렇게 다시 일어섰으니까요."

새도 밖으로 나오려면 껍질을 깨야만 한다.

당시 그들은 갓 껍질을 깬 새였다. 아기 새.

"그랬던 우리가 어느새 그토록 원망하던 바위가 되어 있었습니다."

어쩌면 무성은 계속 미뤘던 것인지도 모른다.

조금 더 좋은 세상을 만들자. 하지만 그 뒤에는 한 가지 단어를 덧붙인다. 잠시 뒤. 잠시만. 잠시만 더 뒤에…….

자꾸 미루기만 했다.

"하지만 그래서는 안 되는 거였습니다. 당장 할 수 있는 것부터 했어야 했는데…… 자꾸 핑계를 대면서 미루면, 우리가 원래 욕했던 사람들과 다를 게 없죠."

따지고 보면 무성이 여태 상대했던 사람들 중 그와 비슷한 마음을 가지지 않은 사람은 어디에도 없었다.

무신련은 피폐해진 세상을 구하고자 했다.

야별성은 핍박받는 자신들이 살 수 있는 세상을 만들고자
했다.

황룡각은 태평성대를 이루고자 했다.

저마다 품은 뜻이 있었고, 정의가 있었다.

하지만 그들의 정의가 부딪치고 난 자리에는, 선의로 시작
된 곳에는 무엇만이 남았는가.

크게는 전란과 난세에서부터, 작게는 유민과 난민들, 그리
고…… 아주 작게는 간독까지.

무성은 간독이 다치면서 생겼던 광기를, 원한을, 분노를 세
상으로 돌렸다. 아니, 정확하게는 이 부질없기만 한 싸움 전
체로 확대시켰다.

"그러니 어서 이 싸움을 끝내야겠습니다."

*   *   *

하왕의 군영은 무신련주의 갑작스러운 방문으로 난리가
났다.

병사들은 적군의 수장이 나타나자 하나같이 경악을 하면서
창날을 겨누었다. 하지만 곧 하왕의 명령을 받은 장군이 나타

나 포위를 풀고 두 사람을 안쪽 대막사로 안내했다.

"하왕께서 반역 도당인 그대들을 무슨 연유로 놔두라 하셨는지는 알 수 없으나, 만약 허튼짓을 벌인다면 즉각 목을 칠 것이다."

장군 역시 무성과 남소유를 위험하게 주군 앞에 내보이는 것이 마땅치 않은지, 안내하는 내내 찌푸린 눈살을 펴지 않았다.

하지만 군율이 엄격한지 별다른 행동은 보이지 않았다.

'역시 하왕인가.'

무성은 초왕부를 칠 당시에 하왕이 가장 인상적이었던 걸 떠올렸다.

나이가 지긋한 하왕을 대신해 군을 이끌고 나타난 세자 호산군은 만약 황실에서 태어나지 않았더라면, 강호에서는 영웅, 상계에서는 거상이 될 수 있는 사람이었다.

그만큼 그가 지닌 패기는 실로 대단한 것이어서, 만약 기왕을 만나지 않았더라면 함께하는 것도 나쁘지 않았으리란 생각이 들 정도였다.

그런 호산군이 있던 곳답게, 하왕의 군영은 실로 대단한 위세를 지녔다.

비록 척박한 귀주에서 일어나 병력은 일만이 겨우 넘는 적은 숫자라 십만도 훨씬 넘을 황군을 대적하기엔 부족할 테지만, 개개인의 위용만 따진다면 그 이상이라고 해도 될 정도였다.

삼왕의 난을 조기에 진압하지 않는다면 황좌가 위험해질 수 있겠단 생각도 들었다.

곧 그들은 대막사에 도착했다.

"놈들을 데려왔습니다."

"안으로 들이라."

안에서 허가가 떨어진다.

무성은 목소리가 젊고 어딘가 낯익다는 생각에 눈을 살짝 가늘게 떴다.

아니나 다를까, 장군을 따라 안으로 들어가니 익숙한 얼굴이 그를 맞았다.

호산군이 장계를 정리하다 이쪽을 응시한다. 부리부리한 눈매와 각진 이목구비가 사람을 사로잡는다. 실로 군왕의 위엄이라 할 수 있었다.

이전과 전혀 달라진 것이 없는 인상.

달라진 점이 있다면 입고 있는 옷과 머리에 쓴 관.

전장이라 간편하게 입었다고 하나, 그 복식이 친왕을 상징하는 것임을 모를 리 없다.

"오랜만이군."

"경축드리옵니다, 전하."

무성은 담담히 포권을 취했다. 뒤에서 장군이 잔뜩 노려보는 게 느껴졌지만, 그는 호산군, 아니, 이제는 하왕이 된 이의 신하가 아니니 이 정도 예가 적당했다.

"몇 달 되지 않았어. 아바마마께서 갑자기 붕어를 하시는 바람에. 자네는 예나 지금이나 크게 달라진 것이 없군. 여전히 강해 보여."

하왕은 읽던 장계를 치우고 눈을 가느다랗게 좁혔다.

"어떤가? 지금이라도 생각을 바꾸지 않겠나? 자네라면 이 자리를 빼고는 다 줄 수 있는데 말이야."

무성은 말없이 웃었다.

"달라진 게 없다는 그 말, 취소함세. 못 본 사이에 능구렁이가 다 되었군."

강함에 유연함까지 갖추니 이제는 정말 괴물이로군, 하왕은 가볍게 혀를 차면서 손에 깍지를 끼며 그 위에 턱을 얹었다.

"그럼 묻지. 이곳엔 어인 일인가? 과인이 사적으로 그대를 아끼는 마음이 있다고는 하나, 공적으로는 적(敵). 사신의 자격도 갖추지 않고서 제 발로 걸어 들어온 그대를 순순히 보내지 않으리란 것쯤은 잘 알고 있겠지?"

하왕은 웃고 있지만 결코 웃지 않았다. 흉흉하게 빛나는 안광은 당장일라도 무성을 찍어 누를 듯하다.

실제로 대막사 주변에는 수많은 기운이 웅크리고 있었다. 여차하면 바로 달려들어 무성을 베려고 하리라.

백혈위다.

단전에 혼명을 품은 자들.

진성황의 수족들이 이곳에도 있어 무성을 잡고자 한다. 쌍존맹이 그러했듯, 이들 역시 무성을 공략할 방법을 두어 가지 정도는 숙지하고 있으리라.

어쩌면 이곳이 무덤이 될지도 모르지만, 무성은 태연하게 말했다.

"전쟁을 끝내러 왔습니다."

"자네가? 감히?"

하왕이 어이없다는 듯이 웃는다.

"여기서 과인의 머리라도 벨 셈인가?"

"그렇게 해서 싸움을 멈출 수 있다면 응당 해야지요."

순간, 무성의 뒤편에 있던 장군이 검병으로 손을 가져간다. 대막사 주변을 둘러치고 있던 호위무사들도 살기를 드러냈다.

하지만 하왕은 태연하게 넘겼다.

"그럼 어떻게 멈추겠다는 겐가?"

"실권자를 불러 주십시오."

"음?"

여태 여유롭던 하왕의 인상이 처음으로 살짝 굳는다.

"전하께서는 단순한 얼굴일 뿐, 군을 지휘하는 자는 따로 있지 않습니까."

"……!"

그제야 하왕의 인상이 딱딱해졌다. 그걸 어떻게 알았느냐는 태도.

무성은 무뚝뚝하게 하왕 뒤쪽, 병풍에다 말했다.

"숙부님, 이곳에 계시다는 걸 압니다. 이만 나와 주십시오."

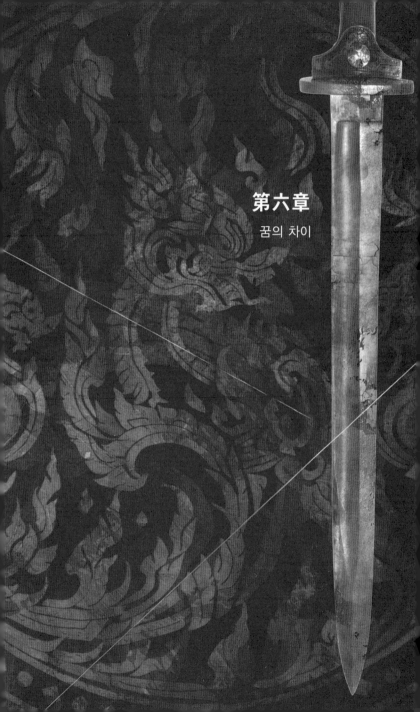

第六章

꿈의 차이

"대체 무슨 말을 하는지 모르겠군."

하왕은 짐짓 불쾌하다는 듯이 인상을 잔뜩 찡그렸다.

자신 외에 다른 사람이 자신의 군대를 지휘한다고 하니 기분이 상할 수밖에 없다.

하지만 무성의 시선은 하왕의 뒤쪽에 꽂혀 떨어질 줄을 모른다.

"처음에는 저도 긴가민가했습니다. 하지만 다른 왕들께서는 이미 장강을 넘거나 련과 대치를 한 것과 다르게 장강과 가장 가까이 있는 하왕 전하의 군대는 너무 늦더군요."

무성이 이를 악문다.

"마치 누군가를 기다리는 것처럼."

"……"

하왕은 입을 다문다.

"저를 시험해 보신 게 아닙니까? 마(魔)에서 깨어나 이곳을 찾을 수 있는지 없는지를."

짧은 침묵.

병풍 뒤쪽에서는 여전히 아무런 대답도 들리지 않는다.

하왕은 인상을 잔뜩 찡그리면서 소리쳤다.

"대체 뭘 하려는 수작인지는 모르겠지만, 계속하고 싶거든 나가서 마저 하라. 여봐라, 당장 이 자를……!"

"괜찮사옵니다, 전하. 이젠 소신이 나서도록 하지요."

감히 무엄하게도 누군가가 하왕의 말허리를 자른다.

하지만 하왕은 화를 내기는커녕 무성이 보는 곳과 똑같은 병풍을 보다가 가볍게 쓴웃음을 지었다.

좌르륵.

신기하게도 병풍이 좌우로 갈라지면서 뒤쪽에 있던 누군가가 나타난다.

바퀴가 달린 의자에 앉은 중년인.

귀향을 간 선비처럼 머리가 헝클어져 있으나, 그 사이로 빛나는 담담한 눈빛은 마치 세월을 담은 것처럼 그윽하기만 하다.

온화한 눈빛을 지으며 천천히 바퀴를 움직인다.

끼리릭. 끼릭.

중년인이 다가오면 다가올수록 무성의 눈빛은 점차 커져 간다. 흔들린다.

그토록 꿈에서나 바라던 존재.

살인귀가 될 뻔했던 자신을 따스하게 보듬어 주고, 가슴을 어루만져 주던 존재.

이제는 더 이상 만나지 못할 거란 생각에 언제나 그리기만 하던 이가, 눈앞에 있었다.

"숙……부님."

그를 만나면 하고 싶은 말이 너무 많았다.

어째서 자신에게로 돌아오지 않았냐고. 어째서 살아 있으면서도 안부 인사 한 번 하지 않았냐고. 어째서 적진에 들어가 이토록 자신과 척을 지는 것이냐고.

대체 무슨 생각을 하고 계시는 거냐고.

하지만 그 많던 질문들은 그의 따뜻한 미소 한 번에 모두 덧없이 사라지고 말았다.

"오랜만이구나."

쿵.

무성은 무겁게 가라앉는 심장을 억지로 버텨 냈다.

"어, 어떻게……!"

한유원이 살아 있을 거라고는 생각지도 못한 남소유는 손으로 입을 가린다. 큰 충격을 받았는지 말을 다 잇지 못한다.

한유원이 남소유 쪽으로 시선을 돌렸다.

"잘 지냈습니까?"

"……"

남소유는 아랫입술을 지그시 깨물며 아무 말도 하지 않았다.

바보가 아닌 이상에야 지금까지 자신들이 겪은 모든 위기들, 감독이 다친 것까지 전부 한유원에 의해 벌어진 일이란 걸 쉽게 알 수 있었으니.

한참의 침묵 끝에 무성이 말했다.

"그동안 어찌 지내셨습니까?"

한유원이 쓰게 웃는다.

"겨우겨우 대영반의 구함을 받아 목숨만은 살 수 있었단다. 하지만 너무 엉망이었던 터라, 몸을 추스르고 나니 몇 년이 훌쩍 지나 있더구나."

"그래서 대영반과 함께하신 것입니까?"

"아무래도 그럴 수밖에. 구명의 은이 있는데, 유자의 도리가 되어 어찌 그냥 넘길 수 있을까. 당시 하왕 전하 역시 많은 도움을 주셨다."

한유원은 감사하다는 듯이 하왕에게 고개를 숙였다.

하왕은 팔짱을 끼며 가볍게 콧방귀를 꼈다.

"하지만 내가 얻고 싶은 사제 둘 중 어느 누구도 내 사람이 되려고는 하지 않지. 고얀 것들."

한유원은 대답 없이 살며시 웃기만 했다.

하왕은 속뜻을 알아차렸는지 고개를 절레절레 흔들면서 자리에서 일어났다.

"과인은 밖에 있을 터이니, 둘이서 알아서 지지고 볶든 껴안고 울든 알아서 하게. 객들 때문에 주인이 쫓겨나는 입장이라니. 참으로 서글퍼."

"감사할 따름이옵니다."

하왕은 대답하기도 귀찮다는 듯이 손을 휘이휘이 저으며 대막사를 나갔다. 밖으로 이만 병력을 물리라는 소리가 들리며 대막사를 에워싸던 인기척이 모두 사라졌다.

무성이 살짝 이를 악문다.

"하지만 연통 하나쯤은 주실 수 있었지 않았습니까?"

"보고 싶었다."

"무엇을요?"

"네가 그리는 세상을."

"……."

무성은 입을 앙 다물었다.

한유원의 눈웃음이 깊어진다.

"천옥원 이후로 네가 수많은 난관과 고비를 만났다는 것을 들었단다. 그리고 그때마다 좌절을 하지 않고 극복해 내면서 하나하나씩 이뤄 나가는 것이, 너무나 대견하게만 여겨졌지."

톡, 톡. 팔걸이를 검지로 두들긴다.

"내가 널 찾는다면 네가 그리는 꿈에 내 색깔이 더해질 테니까. 그것만은 보고 싶지 않았어. 그리고……."

"대영반과의 관계도 있었으니 어쩔 수 없었겠지요."

"이해를 해 주는 듯하니 다행이구나."

무신련과 야별성의 공멸을 바라는 진성황과도 연이 닿아 있는 한유원으로서는 따로 나서는 것이 힘들었으리라. 나선다 해도 진성황이 계속 옆에 있는 한 연락이 닿기도 힘들었을 테고.

"하지만 한편으로는 그건 내가 어느 정도 바라기도 했던 것이다. 세상은 돌고 돌아 결국 이렇게 만나게 되었으니. 너와 나는 결국 적으로 만나게 되었다. 너도 느꼈듯이 이 일은 모두 내가 주도했던 바."

"……."

무성은 숨이 꽉 하고 조이는 것 같았다.

유일하게 한유원만이 따스하게 웃는다.

"그러니 물으마. 네가 이곳으로 오면서 보고 느꼈던 것들은 무엇이냐?"

"역시나…… 시험이셨군요. 전부가."

한유원의 미소가 짙어진다.

하지만 무성은 확신을 얻었다. 하왕의 군영을 방문하기 전에 가졌던 의문이 드디어 답을 찾았다.

"저를 궁지로 몰아넣고, 이리로 불러내시고, 전란을 통해 백성들이 입는 피해를 직접 보게 하시더니…… 나중에는 심마에서 깨어나 냉정하게 상황을 판단하고 당신을 직접 찾을 수 있나 확인하시기까지. 전부가 숙부님의 시험이었군요."

"맞다."

한유원은 말했다.

네가 그리는 세상이 어떤 것인지를 보고 싶다고.

"너는 기특하게도 네가 꿈꾸던 세상을 하나둘씩 너무나 잘 이뤄 가더구나. 하지만 자신의 정의를 관철시킨다는 것은, 다른 사람들이 품은 정의를 꺾는다는 것과도 같은 의미."

한유원은 시험을 통해 묻고자 했다.

대체 그 세상이란, 무엇이냐?

"다른 사람들을 꺾으면서 이루고자 했던 너만의 정의는, 옳은 것인지 묻고 싶었다. 오로지 목적만을 이루고자 주변은 안중에도 두지 않는 게 아닌가 확인해 보고 싶었어."

무성은 가슴이 답답해지는 것 같았다.

이곳으로 오면서 봤던 것들이 떠오른다.

전쟁을 피해 달아나는 피난민들, 혼란스러운 강호, 전혀 끝나지 않을 것 같던 난세.

세상을 구하고자 일어섰던 모든 것들이, 도리어 어지럽게만 만들고 있다.

"단순히 내가 전란을 키웠다고만 하지 마라. 내가 나서지 않았어도 어차피 모두 예정되었던 일들. 나는 그것을 앞당긴 것밖에는 없어."

그것은 질책이었다.

"그러니 묻겠다."

한유원은 너무나 오랜만에 만난 제자이자 조카인 아이에게 엄준하게 물었다.

"너의 대답은 무엇이냐?"

"저의 대답은……."

아주 짧은 순간, 무성의 머릿속으로 수많은 생각이 스쳐 지나갔다.

하지만 모두 고이 접었다.

한 번 관철시킨 정의.

그것이 있다면 변질되지 않도록 수없이 돌아보기는 하되, 어떻게든 바로 세워야 하지 않겠는가.

"다르지 않습니다. 지금의 싸움을 모두 종식시키는 것."

"어떻게?"

"하늘을 열면 될 일입니다."

한유원이 헛웃음을 흘린다.

"광오한 말이로구나. 어디 혁명이라도 일으키겠단 것이냐? 아니면 당금 주씨의 국성을 진씨로 바꾸기라도 하겠단 뜻인가?"

밖에 여전히 하왕의 사람이 있을 텐데도 불구하고 아무렇지 않게 내뱉는다.

하지만 무성은 웃었다.

"꼭 그렇게 극단적으로 생각할 필요는 없지 않습니까? 지금과는 다른 새로운 것을 그리면 될 일입니다. 숙부님께서 보라고 하셨듯이, 제가 여태 못 봤던 것들을 계속 보면서 이뤄가다 보면 그것이 곧 하늘이지요."

"그 과정에 피가 흐를 것이다."

"괜찮습니다. 제가 모두 뒤집어쓸 것입니다."

"원통해하는 사람도 있을 것이다."

"그렇다면 그들의 말에도 귀를 기울일 것입니다."

"너를 칭송하는 목소리보다 원망하는 목소리가 더 많을 것이다."

"그래도 괜찮습니다. 익숙하니까요."

"네가 하고자 하는 것은…… 패도(覇道)다."

"무엇이라 불러도 좋습니다. 이룰 수만 있다면."

한유원은 눈을 지그시 감았다.

"너는 이제 내가 가르쳤던 것과 다른 길을 걷기 시작했구나."

"이것이 제가 드릴 수 있는 답입니다."

묵자는 아래에서부터 변화를 주고자 한다. 하지만 무성은 거기까지는 찬동하되, 그러려면 힘을 갖춰야 하니 힘을 갖자고 말한다.

이걸로 확실해졌다.

두 사람이 걷는 길은, 다르다. 너무도.

한유원은 이미 진즉에 그것을 알았기 때문에 무성으로 하여금 심마에 들게 하고, 사람들을 보게 함으로써, 대답을 찾으라고 했던 것이다.

무성과 한유원, 흘러 온 세월만큼이나 두 사람 사이에 벌어진 거리를 되짚어 보라고.

"그렇다면……."

한유원은 지그시 눈을 감았다.

온갖 생각이 머릿속을 스친다.

악에 받쳐 세상에 대한 원망만 가득했던 무성이 떠오른다. 불꽃처럼 활활 타오르다 못해 끝내 영혼마저 삼켜질 것 같던 아이는 어느새 세상의 등불이 되고자 한다.

그리고 자신은 그것을 꺼트려야만 한다.

이대로 그 등불이 세상을 태울 겁화가 되지 않도록 하기 위해서.

눈을 떴을 때, 그의 눈빛은 다른 어느 때보다도 날카로웠다.

"우리는 적이로구나."

"숙부님께서 간독을 다치게 하신 이후로 이미 우리는 적이었습니다."

거침없는 대답에 한유원은 피식 웃었다.

"그도 그런가……."

그 말과 함께,

쉬쉬쉬쉭!

공간이 열리면서 삼십 명의 고수가 나타난다. 혼명을 품은 고수들, 백혈위다.

그리고 그 속에는 다른 사람도 섞여 있다.

진성황.

그가 한유원의 뒤편에 나타나 묻는다.

"사사로이는 그대에게 조카다."

"괜찮습니다."

"죽을 수도 있다."

"웬만하면…… 피해 주십시오."

웬만하면. 안 된다면 어쩔 수 없다는 의미다.

진성황은 무겁게 고개를 끄덕였다.

"알았다."

저벅저벅, 진성황이 앞으로 나서자 백혈위도 둥글게 무성과 남소유를 포위한다.

남소유는 긴장감에 천천히 반검을 든다. 무성은 귀화에서 다시 신화로 변한 불꽃을 두 눈덩이에 태우면서 진성황을 응시했다.

"다시 뵙습니다."

"어쩌다 보니."

그 말과 함께,

팟!

무성은 진성황에게로, 남소유는 백혈위에게로 달려들면서 매서운 칼바람이 불어닥쳤다.

하지만 그 순간,

"거기까지!"

갑자기 대막사가 우르르 떨리면서 그대로 쓰러진다.

강풍과 함께 천막이 모두 찢기면서 무성과 진성황 등이 하늘 아래 드러나고, 주변으로 이쪽을 향해 창날을 겨누고 있는 하왕의 군대가 나타난다. 모두 무성과 남소유를 잡기 위해 대기하고 있던 이들이다.

하지만 그들의 시선은 모두 사자후가 들린 하늘 쪽으로 향했다.

하늘 한가운데, 그곳.

어느 초로의 중년인이 어검비행으로 길쭉한 검에 올라타 이쪽을 굽어다 보고 있었다.

그를 알아본 진성황이 침음성을 흘렸다.

"……화도, 결국 나왔구나."

무성의 아버지, 화도가 서 있었다.

무성도 작게 중얼거렸다.

"아버지."

화도는 하늘 위에서 팔짱을 낀 채로 있다가 잠시 무성과 눈이 마주쳤다.

아주 잠깐 지은 미소엔 따스함이 묻어난다.

하지만 그 시선을 다시 진성황에게로 돌렸을 때, 그의 두 눈에서는 화광(火光)이 번뜩였다.

"오랜만입니다, 숙부님."

진성황이 눈을 가느다랗게 좁힌다.

"이 세상을 완전히 떠나 버릴 것처럼 굴던 네가 이곳까지는 무슨 일이냐?"

"돌아올까 싶어서 말입니다."

"누구 마음대로?"

"거기에 군이 누군가의 허락이 있을 필요가 있습니까?"

화도는 힘을 주어 말했다.

"저는 제가 하고 싶은 대로 할 뿐입니다."

진성황은 어이가 없다는 듯이 피식 헛웃음을 흘렸다.

"세상이 무섭다 하여 도망쳤던 아이가 헛바람은 잔뜩 들었 구나."

"한낱 겁쟁이도 한 아이의 아버지가 되니 어쩔 수 없이 용기 를 갖게 되더군요. 숙부님께서는 전혀 모르실 겁니다."

"모를 것이라."

진성황이 작게 중얼거린다.

"그래. 어쩌면 다른 건 다 깨달아도 그것만은 모를지 도……."

한평생 황실을 위해 살아왔던 그였기 때문에 혼인은 생각 도 하지 못했다. 마음에 둔 여인이 없었던 것은 아니지만, 모 두 떠나 버렸다. 때문에 슬하에 자식 같은 제자들은 있어도 진짜 자녀는 없었다.

그래서 더더욱 화도에 집착했는지도 모른다.

일찍 죽은 큰형이 세상에 남긴 유일한 혈육. 흔적.

세상 누구보다 큰형을 존경했던 진성황이기에 화도를 큰형 처럼 키우고 싶었다.

하지만 화도는 본질적으로 큰형과는 너무나 달랐다.

따지자면 큰형의 죽음과 함께 모습을 감춘 마음 여린 형수를 닮지 않았을까.

하지만 제 아들을 지키려는 이때.

화도는 큰형의 모습을 쏙 빼닮아 있었다.

단호하고, 굳건하다.

"그래서 아들을 지키기 위해 이 숙부에게 검을 겨누겠단 뜻이냐?"

"못할 것도 없지요."

"그렇다면⋯⋯."

진성황의 눈이 살기로 빛난다.

"어디 해 보아라!"

콰드드드득!

진성황이 쥐고 있던 대검을 위로 젖힌다.

대검이 대기를 긁으면서 엄청난 마찰열이 일어나 대검을 불길에 집어넣은 것처럼 단숨에 시뻘겋게 달아오르게 만들고, 그 위로는 새하얀 수증기가 마구 토해 내진다.

하지만 수증기가 막강한 내공을 머금은 순간, 휘황찬란한 황금빛을 뿜으며 거대한 용이 되었다.

황룡무상강(黃龍無上罡)!

황룡의 모습을 한 강기가 아가리를 젖히면서 단숨에 화도에게로 달려든다.

크아아아아!

화도는 몸을 측면으로 젖히면서 검 위에서 내려와 앞으로 손을 뻗었다. 발아래에 있던 검이 쑥 올라오면서 손아귀에 잡힌다.

묵직한 감촉을 느끼면서 그대로 황룡에게 달려든다.

그야말로 당랑거철로밖에 여겨지지 않을 만큼 무모해 보인다.

하지만 황룡이 화도를 집어삼키려는 순간, 검이 빛을 토했다.

활활 타오르는 거대한 불길.

화도, 불의 도(道)라는 이름을 명칭으로 삼고 있을 만큼 그가 자랑하는 불길은 멀리 있는 무성과 남소유, 그리고 하왕까지 열기를 느낄 정도로 거셌다.

콰르르르르—릉!

황룡의 아가리 속에서 불길이 터져 나간다.

열풍은 머리통을 너무나 가볍게 바술 뿐만 아니라, 몸뚱이를 그대로 쓸어 내려가면서 안쪽에서부터 산산이 부숴 버린다.

콰아앙, 폭죽이 터지는 소리와 함께 부서진 황룡의 조각들이 우수수 떨어진다.

그사이 화도는 어느새 진성황 앞까지 치달아 검을 내려치고 있었다.

진성황은 몸을 젖히면서 대검을 위로 쏘았다.

까아아아앙!

엄청난 쇳소리가 천둥소리처럼 울려 퍼지고,

쿠르르르르르!

막대한 열풍과 기파가 사방으로 뿌려지면서 주변에 있던 모든 막사가 일제히 날아간다.

"모두 물러서라! 대영반의 공권에 들어서면 안 된다!"

하왕의 명령에 따라 병사들은 어쩔 수 없이 몸을 물려야만 했다. 포위망이 흐트러지고 말았지만 지금은 어떻게 할 방법이 없었다.

깡! 깡! 깡! 깡!

화도와 진성황은 몇 번씩이나 공세를 주고받았다.

그때마다 열풍과 기파는 계속 터져 나간다.

"보지 않은 동안…… 많이 달라졌구나."

"숙부께서는 많이 약해지셨군요."

"그런가?"

진성황은 피식 헛웃음을 흘렸다.

사실 따지고 보면 자신이 약해진 것은 아니다. 화도가 그만큼 강해졌기에 둘의 실력이 비슷해지면서 상대적으로 약해진 것처럼 보일 뿐이다.

굳이 그걸 지적하지는 않는다.

언제나 절대적이어야만 할 숙부가 이제는 머리가 굵은 조카와 어깨를 나란히 하고 있는 건 사실이니.

하지만 그렇다고 해서 더 약해질 생각은 없었다.

쿠쿠쿠쿠쿠!

진성황은 황룡무상강을 더 한껏 드러내며 화도가 부리는 불길을 거침없이 헤집었다.

다섯 마리의 황룡이 정수리 위로 모습을 드러내면서 화도의 사지와 목덜미를 향해 아가리를 벌렸다.

*　　　*　　　*

무성은 거침없이 격전을 벌이는 화도와 진성황을 보면서 눈빛이 흔들렸다.

'어째서?'

왜 나타난 것일까.

지금이라도 아버지의 흉내를 내고 싶은 건가?

"좋은 아버지를 두었구나."

한유원이 툭 내뱉은 말에 무성은 그쪽으로 고개를 돌렸다.

아니라고 하고 싶었다.

자식과 가족들을 버린 사람이라고, 자신이 아프다는 이유만으로 도망쳤던 비겁한 사람이라고, 그렇게 말하고 싶었다.

하지만 동정호에서의 모습이 떠올랐다.

조용히 밭을 갈던 쓸쓸한 뒷모습.

없는 살림에 겨우 있는 밥을 내오며 자식이 먹는 모습을 가만히 지켜보던 눈빛.

떠나겠다는 말에 붙잡지도 못하고 먼발치에서나마 바라보던 그.

무성은 그것을 전부 외면해 버렸다.

모질게만 대했는데. 지난 세월 동안의 원망만을 담아 대했었는데.

어째서 아직도 저런 눈빛을 보내는 거지?

그러다 문득 그런 생각이 들었다.

여태 오는 동안 봤던 사람들. 없는 살림에 자식의 배라도 채워 주겠다고 돌아다니던 사람들. 제 목숨은 내놓아도 자식만큼은 지켜 주려던 사람들.

그들과 다를 게 전혀 없다고.

하지만 무성은 군이 그걸 입에 담지는 않았다.

손을 뻗는다.

휘리리릭!

열 자루의 영검이 허공에 생겨나 주변을 따라 맴돌기 시작한다. 우윳빛 서광이 뱅글뱅글 맴돌면서 날개처럼 확 퍼져 나가고, 그 위로 서광이 한데 뭉친다.

그리고 드러나는 얼굴.

스스스스.

무신혼의 형체가 나타난다. 천마혼이 흉신악살이라면, 무신혼은 군신(軍神)의 형상이다.

만인을 압도하는 신상(神像).

한유원은 의자를 뒤로 물렸다. 서른 명의 백혈위가 앞으로 나선다. 진성황이 특별히 키운 만큼 뛰어난 실력을 지닌 자들이다.

하지만 무성은 팔짱을 끼며 오만하게 턱을 들었다.

"고작 이걸로 되겠습니까?"

백혈위들의 두 눈가에 살기가 맺힌다. 군율이 엄한 나머지 별다른 반발은 하지 않지만, 보여 주는 표정에서 스스로에 대한 자긍심이 대단하다는 것쯤은 쉽게 알 수 있었다.

한유원이 웃으며 대답한다.

"이미 내가 널 한 번 잡았던 것으로 기억한다만."

"하지만 놓치셨지요. 어망을 한 번 벗어난 물고기는 다시는 그곳으로 가지 않습니다. 그리고 그것이 상어라면 물어뜯어 버리지요."

"뛰어난 어부는 한 번 실패한 어망은 두 번 다시 쓰지 않는

단다. 더 튼튼하고 질긴 것으로 가져오지."

무성과 한유원.

찢고자 하는 사람과 잡고자 하는 사람.

적인데도 불구하고 두 사람은 웃었다.

"해 보십시오."

"해 보이마."

탁!

한유원은 짧은 대답과 함께 오른쪽 손바닥으로 팔걸이를
내려쳤다.

파스스스스.

무성을 둘러싼 세상이 일그러지기 시작한다.

또 독에 중독되었다거나 하는 것이 아니다.

한유원의 특기, 기환진이 발동되면서 일어난 현상이다.

서서히 소리가 사라진다.

천천히 어둠이 내려앉는다.

세상이 변해 간다.

『무무공허진(無無空虛陣)이라 이름 붙여 봤다. 만약 힘들다
고 느끼거든, 포기하겠다고 말하려무나. 난 널 크게 다치게
하고 싶지 않아.』

오로지 한유원의 목소리만이 잔잔하게 남았을 때, 무성은
칠흑빛의 어둠만이 자리 잡은 세상 한가운데에 서 있었다.

영통안을 열어도 결이 비치지 않는다.

말 그대로 무무(無無). 아무것도 없고, 공허(空虛)하게, 텅 비었다.

어디로 가더라도 탈출하기 힘든 세상이리라.

하지만 무성은 두 눈을 질끈 감았다.   .

모든 감각을 한데 집중시킨다.

그리고,

크아아아아앙!

무신혼이 크게 일어나면서 거친 포효를 내질렀다.

무무환상진 밖.

"진 공자! 진 공자!"

남소유는 가슴이 타들어 갔다.

그녀는 한유원이 부리는 기환진이 얼마나 대단한 위력을 자랑하는지 아주 잘 안다.

그들이 이제 갓 귀병이 되었을 시절, 북명검수들은 물론 천룡위군까지 물러서게 만들었던 진법이 아닌가. 거기에 세월이 더해지고 많은 물리적 지원이 뒤따랐다면 위력은 불을 보듯 뻔한 일.

하지만 남소유는 무성을 구하러 가지 못했다.

백혈위 두 명이 달려들며 그녀의 앞길을 막는다.

까가가강!

물러서라며 반검을 쉴 새 없이 휘둘러 대지만, 백혈위는 망부석처럼 꿈쩍도 않는다.

만약 한유원이 따로 그녀를 생포하라는 명령을 내리지 않았더라면 위험했을지도 모른다.

"유원! 정말 이럴 건가요! 당신에게 진 공자는 조카잖아요!"

남소유는 화가 잔뜩 난 얼굴로 한유원을 노려봤다.

가능하다면 당장에라도 그에게 달려가 검을 날리겠다는 눈빛.

하지만 백혈위들이 그녀와 한유원 사이를 가로막는다.

"나 역시 무성을 아끼기 위해 이러는 것이라오. 차라리 그가 검을 놓고 포기할 수 있게 설득을 해 주시오."

"말도 안 되는 소리!"

한유원은 씁쓸하게 웃으며 고개를 가로저었다.

"그렇다면 나도 어쩔 수가 없소."

남소유는 이를 악물었다.

어떻게든 방법을 찾아야만 했다.

하지만 당장 그녀에게는 이렇다 할 방책이 없었다.

그렇다면.

'방책이 없다면 내가 만들어야 해!'

남소유의 눈동자가 빛을 발한다.

그 순간,

지이이이이—잉!

갑자기 손에 쥐고 있던 반검이 미친 듯이 떨리더니 그 위로 강기가 자라나면서 완벽한 한 자루의 검이 되었다.

그것은 마치 봄철에 눈을 녹이는 따스한 햇살처럼 따뜻하면서도 눈이 부실 정도로 밝았다.

하지만 그 빛살이 허공을 가른 순간,

쏴아아악!

세상이 갈라졌다.

촤촤촤촤!

순식간이었다.

남소유를 제압하기 위해서 적당히 실력을 봐주던 두 백혈위의 몸뚱이가 갈라져 버린 것은.

한 녀석은 목이 떨어지고, 다른 녀석은 상반신이 갈라져 쓰러진다. 너무나 눈 깜짝할 새에 벌어진 일이라 둘은 죽을 때까지도 무슨 일이 있었는지 자각이 없었다.

남소유는 그런 두 사람의 뒤쪽으로 나타나 한유원에게로 쏘아졌다.

팟!

"이현! 백상!"

"네 이 녀어어어언!"

남소유를 그저 그런 존재로만 치부했던 백혈위로서는 날벼락이나 다름없었다.

그들은 그녀를 최대한 생포하라는 한유원의 명령을 머릿속에서 지웠다. 이미 상대는 자신들보다도 고수라는 인식이 단단히 박혔다.

분노를 하되, 싸움에는 냉정하게 임한다. 진성황이 그들에게 가르쳐 줬듯이 치밀하게 간격을 좁혀 나간다.

스스슥!

다섯 백혈위가 날린 검은 마치 물 찬 제비 같았다.

공간을 자르고, 곡선을 그려내는 데 부드러운 것 같으면서도 매섭다. 그리고 탈출할 빈틈을 절대 주지 않는다.

따다다다당!

남소유는 반검을 내리면서 아래쪽으로 쓸어 오던 검을 옆으로 밀어내는 것과 동시에 왼손을 뻗어 목을 잘라 오던 검과 직접 부딪쳤다.

부드러운 피부가 날카로운 쇠붙이와 부딪치면서 그대로 잘려나갈 것 같았지만, 도리어 남소유의 왼손이 검을 꽉 잡았다.

쏙 하고 검이 들어오면서 챙강 하는 소리와 함께 검이 부러져 허공으로 튀어 오른다. 안쪽으로 왼손이 벼락처럼 치고 들어가면서 부러진 검 주인의 가슴팍을 후려친다.

퍽!

"켁!"

녀석이 피를 토하면서 튕겨 나가는 것과 동시에 남소유는 몸을 비틀면서 반검을 위로 튕겨 올린다.

정수리 위로 떨어지던 검을 막아 내면서 동시에 타고 올라가 상대의 목을 베어 버리고, 다시 한 번 방향을 급격하게 틀어서 바로 아래쪽에 있던 무사의 정수리를 그대로 쪼개 버린다.

퍼퍼퍽!

합공을 시도했던 다섯 백혈위 중 세 명이 눈 깜짝할 새에 목숨을 잃는다.

움직이는 데 있어 군더더기가 없고 깔끔하기 이를 데가 없는 남소유의 움직임은 차라리 춤사위라고 해도 믿을 정도로 아름다웠다.

촤아아악!

남소유는 거기서 그치지 않고 몸을 다시 반대쪽으로 틀면서 튕겨났던 남은 두 사람에게로 반검을 휘둘렀다.

남소유와 그들 사이에는 상당한 거리가 있었음에도, 공간이 떠밀리면서 칼바람이 세차게 불었다.

마치 직접 반검을 맞댄 것처럼, 아니, 범이 발톱으로 내리긋

기라도 한 것처럼 녀석들의 몸뚱이 위로 상처가 잔뜩 벌어지면서 피가 튀었다.

그리고 쓰러졌다.

털썩. 털썩.

그 뒤로도 남소유는 거침이 없었다.

두 다리로 계속 지면을 박찬다.

그때마다 거리가 쭉쭉 늘어나면서 백혈위를 맞서 간다.

백혈위들은 진법을 구사하면서 어떻게든 남소유를 막아 내려 하지만, 결코 쉽지가 않았다.

'대체! 어째서!'

'무신도 잡을 수 있을 우리를! 어찌 무신도 아닌 계집 따위가!'

백혈위는 이와 같은 상황이 도무지 믿기질 않았다.

그럴수록 냉정함을 가지라던 진성황의 가르침이 흐트러졌다.

하지만 그럴 수밖에 없다.

그들에게 있어 남소유는 너무나 상성이 맞질 않는 상대였다.

남소유는 당대 소림을 이끄는 최고승들의 업을 이은 혈나한.

불법을 정진한 그녀는 어떤 세파에도 흔들리지 않는 부동

심(不動心)을 갖추고서 모든 상황을 냉정하게 판단한다.

덕분에 기환진이나 검진과 같이 눈을 현란케 하는 기술 따위는 그녀 앞에서 맥도 못 추릴 수밖에 없다.

하물며 오랜 폐관 수련으로 이미 의발을 전수한 최고승들에 못지않은 깨달음을 얻은 지금은 더더욱.

거기다 살계(殺戒)를 열겠다고 다짐한 이상, 그녀를 막을 수 있는 것은 어디에도 없었다.

만약 쌍존맹이 무성을 잡으려 했을 때 그녀도 같이 있었더라면, 무성이 그렇게 궁지에 몰리고 간독이 크게 다칠 일도 없었으리라.

좌아! 좌아! 좌아!

백혈위 세 명이 피를 뿌리며 쓰러진다.

남소유는 피를 흠뻑 뒤집어쓴 채, 거칠게 숨을 몰아쉬면서 한유원에게 다가간다.

척!

반검을 드디어 한유원의 턱밑에다 갖다 댔다.

"거두세요. 어서."

한유원은 당장 죽음을 눈앞에 두고도 반검을 보면서 슬쩍 웃기만 한다.

"검을 거두는 건 그대가 해야 하지 않겠소?"

처처척!

남소유의 뒤쪽으로 열다섯 개의 검이 겨눠진다. 여전히 절반 이상이나 남은 백혈위들이 두 눈을 흉흉하게 뜨며 그녀를 노려본다.

한유원과 남소유 사이에 말없는 긴장감이 흐른다.

서로가 서로의 목숨 줄을 틀어쥔 상황.

조금이라도 약한 모습을 보이면 죽는다.

"내가 여기서 목이 떨어진다고 해도 성이를 둘러싼 진법은 풀리지 않소."

"하지만 최소한 악화를 막을 수는 있겠죠."

"그렇다면 해 보시오. 다만, 그대와 내가 같이 눈을 감았을 때, 진법을 헤치고 나온 성이가 어떤 느낌에 맞닥뜨릴지를 생각해 보시오."

순간, 남소유는 말문이 턱 하고 막혔다.

간독이 생사지경을 헤매고 있는 이때, 만약 남소유와 한유원까지 죽는다면?

귀병이 모두 쓰러졌다는 것을 무성이 안다면?

"……그대는, 정말 악독해졌군요."

남소유는 아랫입술을 질끈 깨물면서 한유원을 잔뜩 노려봤다.

"허허허. 무릇 병법가에게 있어 사사로운 정은 뒤로 미뤄 둬야 하는 것이라오."

하지만 그렇게 대답하는 한유원의 말투에서도 씁쓸함이 느껴졌다.

그러다 고개를 털며 남소유를 직시한다.

"알다시피 이 몸은 한 번 죽었던 몸. 여기서 다시 눈을 감는다고 한들 억울할 게 하등 없소. 하지만 소저는 그렇지 않지 않소? 검을 거두시오. 성이를 불행케 하지 마시오."

"……위선 떨지 마세요."

"위선이라 해도 좋소. 다만, 이제 다른 길을 걸었다고 해도 성이는 여전히 나의 조카요. 내게는 피붙이나 다름없소. 그런 아이를 해하고 싶은 마음 따윈 추호도 없소."

한유원은 담담하게 말을 이었다.

"난 그 아이를 구할 것이오. 내 뜻대로."

"무성은 그걸 원하지 않아요."

"그럴 테지. 하지만 성아 역시 입장이 반대더라도 나를 구했을 것이오. 내가 원하지 않더라도."

"……"

서로 다른 길을 걷는다 한들 서로가 미운 것은 아니다, 그렇게 말하고 있다.

결국 남소유가 겨눈 반검은 꿈쩍도 하지 못했다.

당당한 한유원의 기백에 눌리고 만 것이다.

이 사람을 두고 누가 무공을 익히지 않은 평범한 학자라고

할 수 있을까.

남소유가 아랫입술을 질끈 깨무는 동안,

콰콰쾅!

위쪽에서는 화도와 진성황의 싸움이 막바지에 이르고 있었
다.

황룡이 거침없이 치솟는 불길을 짓누르는가 싶더니, 대지를
질타하면서 화도를 와그작 씹어 버린다.

쿠쿠쿠쿠쿠!

화도를 따라 불어 닥친 열풍이 황룡을 물리치긴 했지만, 이
미 강기가 휩쓸고 지나간 터라 화도는 피투성이가 된 몰골이
었다.

진성황 역시 상태가 그리 좋지는 않았다.

입은 옷 곳곳이 열기로 그을리고 몸에는 화상 자국이 짙게
남았다. 한쪽 눈은 질끈 감고 있다. 불똥이 튀어 다치고 말았
다.

하지만 전반적으로 진성황이 유리한 입장이었다.

악착같이 진성황을 물리치려는 화도와 다르게 진성황은
화도를 되도록 생포하려는 입장이었음에도 승부의 추는 진성
황에게로 살짝 기울어졌다.

"얻은 건 많아 보인다만, 손에서 검을 오래 놓았구나. 몸이

머리를 따라가질 못해."

"……."

아주 오래전에 조카에게 검을 가르쳤을 때처럼 작게 타이른다.

화도는 입을 꾹 다물었다.

확실히 그의 말마따나 머리로는 어떻게 해야 하는지 그림이 그려져도 검이 그걸 그리지 못한다.

"보아라. 이미 전부 끝났다. 네 아들도 꼼짝없이 갇혔고, 너역시 힘을 쓰지 못한다. 이곳을 탈출하려 한다고 해도 어찌이 많은 사람들을 물리칠 것이냐?"

화도는 말없이 주변을 둘러본다.

하왕이 가장 중심에 서서 군을 일사불란하게 지휘한다. 고수들의 공권에 휘말리지 않도록 하면서도 촘촘하게 인의 장벽을 쌓는다.

천라지망은 이미 굳건했다.

'성아.'

화도는 검병을 꽉 쥐었다.

저 멀리 어둠이 으스름하게 자리 잡은 공간이 보인다.

자신이 여기에 온 이유가 무엇인가.

이제 돌아보지 않겠다고 한 검을 다시 잡은 이유는 무엇인가.

무성을 구하기 위해서였다.

언제나 멀리 떨어져 있던 자신이었기에, 이번에야말로 자식을 구해야겠다는 일념만으로 달려온 것이건만.

하지만 이래서야 도움이 되기보다 짐만 되는 꼴이 아닌가 말이다.

화도는 이를 악물었다.

이렇게 된다면. 어쩔 수가 없다면.

그 수라도 쓰는 수밖에.

화아아악!

화도를 따라 열풍이 다시 불어 닥친다. 엄청난 기압에 땅이 갈라지면서 그 위로 불길이 용솟음친다. 화도를 중심으로 거대한 붉은 파문이 그려진다.

"음?"

진성황은 힘이 다했을 조카가 어디서 저런 힘이 났나 싶어 인상을 찡그렸다.

"역시 단번에 꺼트릴 수밖에는 없나."

진성황은 위험하더라도 단숨에 화도를 찍어 눌러야겠다는 생각에 다시 황룡무상강을 끌어올렸다.

고오오오!

붉은 열풍과 금색 기풍이 허공에 부딪치면서 팽팽한 접전을 벌이는 그때,

콰아아아아아아—앙!

두 사람이 공력을 터뜨리기도 전에 갑자기 다른 쪽에서 뭔가가 터졌다.

화도와 진성황의 시선이 그리로 향하는 순간,

츄츄츄츄츄—!

갑자기 뭔가가 번쩍거리면서 두 사람 위로 쏟아졌다.

진성황은 반사적으로 금색 기풍을 그쪽으로 돌렸다. 황룡이 아가리를 젖히며 그것을 깨물려 했지만, 도리어 황룡의 머리통이 부서지면서 진성황까지 후려쳐졌다.

콰아아아아앙!

"큭! 뭐냐, 이건……!"

진성황은 대검을 안으로 잡아당겨 그것을 튕겨 내려 했다. 하지만 실린 힘이 얼마나 무지막지한지 무려 십 장이나 길게 밀려났다.

여기서 뿌려진 기파가 주변에 인의 장벽을 두르고 있던 병사들을 있는 힘껏 밀어내면서 장벽이 그대로 우수수 무너진다.

콰직!

진성황이 진각으로 세게 땅을 밟은 후에야 밀리는 게 겨우 멈췄다.

그가 지난 자리엔 고랑이 깊게 남았다.

그제야 겨우 정신을 수습하며 대체 자신을 이런 꼴로 만든 게 무엇인지 확인할 수 있었다.

"……팔?"

그것은 팔이었다. 그것도 거인의 팔.

거슬러 올라가니 거인이 바짝 엎드린 채 사방으로 여섯 개의 팔을 뻗고 있었다.

여전히 어둠이 내려앉은 자리, 무무공허진이 있는 공간을 부수면서, 마치 아기새가 껍질을 부수고 세상에 나오듯이 거인이 천천히 일어났다.

크아아아아아아앙!

거인이 크게 일어나면서 거칠게 포효를 내질렀다.

대지가 울리고 하늘이 떨렸다.

무신혼의 강림이었다.

하지만 하늘을 찢을 것 같은 포효와 달리 무신혼의 상태는 그리 좋아 보이지 않았다.

몸 곳곳이 찢기고 바람구멍이 숭숭 뚫렸다.

세 개의 머리 중 두 개는 힘을 잃고 눈을 꼭 감아 중앙에 있는 소신안만이 소리를 질러 댄다.

서광이 비추면서 상처를 모두 복구하긴 했지만, 움직임은 확실히 느렸다.

무무공허진에서 탈출하면서 상당한 진력을 소비한 게 틀림없었다.

팟!

그때 외곽에 서 대기하고 있던 백혈위들이 일제히 그쪽으로 몸을 날렸다. 이미 한 차례 쌍존맹이 무신혼을 사냥했던 전적이 있으니 똑같이 수행하려는 것이다.

녀석들은 각자 팔을 하나씩 맡아 검을 뽑았다.

세상 가득히 기다란 궤적이 위로 그어진다.

백혈위의 공세는 아주 빠르고 매서웠다. 단숨에 무신혼의 팔을 잘라 버릴 것 같은 찰나,

화아아악!

갑자기 무신혼을 따라 거대한 열풍이 불어 닥쳤다.

소신안이 아가리를 쩍 벌리며 소리 없는 비명을 지른다. 그러자 몸뚱이에서 열기가 다량으로 배출되면서 마침 허공으로 뛰어오르던 백혈위들을 흔들어 놓는다.

녀석들은 허공에서 흔들리는 균형을 가까스로 잡으면서 양팔로 얼굴을 가려 열기를 피하려 했다.

바로 그 순간을 노려 여섯 개의 손이 벼락이 되어 단숨에 녀석들을 겨냥한다.

퍼퍼퍼퍽!

녀석들도 그제야 무신혼의 노림수를 알고 공세를 흘리려

했지만 이미 한 박자가 늦고 말았다.

결국 여섯 명 중 네 명은 이렇다 할 공격도 하지 못한 채 피떡이 되어 사라지고, 남은 둘은 가까스로 각자가 맡은 팔을 자르며 다시 한 번 위로 치솟았다.

쐐애애애애—액!

머리맡까지 오른 녀석들은 다른 방식으로 움직였다.

오른쪽 백혈위는 소신안 쪽으로 몸을 날리고, 왼쪽 백혈위는 검을 아래쪽으로 내리면서 급전직하한다.

다시 한 번 두 개의 빛줄기가 터진다.

하나는 머리통을, 다른 하나는 팔을 자르기 위해서.

콰콰콰콰!

바로 그때 무신혼이 바람결에 꺼진 촛불처럼 훅 하고 사라졌다.

졸지에 아무것도 없는 허공만 때린 두 백혈위의 얼굴에 황당함이 어렸다.

바로 그때 갑자기 그들이 있는 옆쪽 공간이 열리더니,

콰콰쾅!

갑자기 팔이 튀어 나오면서 녀석들을 후려쳤다. 벼락과 불꽃을 동반한 재해가 그대로 휘몰아친다.

허공에 있던 녀석은 화마에 휩싸여 시신도 남기지 못하고 그대로 터져 사라지고, 땅에 착지했던 녀석은 가까스로 몸을 측면으로 틀어 무신혼의 팔을 옆으로 쳐 내는 데 성공했다.

"큭!"

하지만 검을 타고 전해지는 충격파에 팔뼈가 부서지고, 검신은 불길에 그을려 버렸다.

결국 지면을 뚫고 올라오는 새로운 팔은 녀석을 그대로 베어 버렸다.

촤아아악!

허공으로 피가 잔뜩 튄다.

그리고 다시 공간을 열고 등장하는 무신혼.

공간을 마음껏 넘나들면서 싸워 대기에 기존 백혈위의 공격 방식은 통하지 않을 듯 보였다.

아마 무무공허진을 탈출한 것도 같은 방법을 이용한 것일 테지.

"그새에 방법을 찾았나? 역시 당해 낼 수가 없어."

한유원은 가만히 그것을 보면서 씁쓸하게 웃었다.

애초 무성을 잡기 위해 그가 마련한 공략법은 일회용에 불과했다. 언제든지 해결책을 마련하고 반전을 꾀하는 무성이기에 정해진 수순이라 할 수도 있었다.

남소유는 미간을 살짝 좁혔다.

여전히 반검은 한유원의 목덜미에, 백혈위들의 검은 그녀의 등을 겨눈 상태.

"역시 진법으로 무성을 붙잡을 수 없으리란 걸 알았던 거군요. 그럼 시간을 벌려 했던 이유가……?"

"화도와 그대를 잡아 놓으면 무성도 포기를 할 테니까."

"……무섭군요, 당신."

"말하지 않았소? 성아를 베지 않고 싸움을 종식시킬 수 있다면 무엇인들 다 할 것이라고. 이미 다 틀어진 듯하지만."

한유원의 말이 끝나기 무섭게 하늘에 황금색 빛이 모여든다 싶더니 갑자기 황룡이 튀어나오면서 무신혼을 향해 아가리를 젖혔다.

콰아아아아아아—앙!

무신혼을 물어뜯으려는 황룡과 여섯 팔로 녀석의 아가리를 잡는 무신혼.

신화 속에서나 나올 법한 엄청난 광경에 사람들은 혼이 달아날 것만 같았다.

쿠쿠쿠쿠.

힘과 힘이 충돌하면 할수록 대지는 그만큼 더 크게 요동친다.

한 치도 밀리지 않는 팽팽한 접전.

하왕의 군사들은 이걸 어떻게 해야 할지 전전긍긍해했다. 과감한 결단력으로 유명한 하왕마저도 전혀 예기치 못한 상태이니 섣불리 공격을 명령할 수도 없었다.

"그러니 생각은 크게 바뀌지 않았소. 검을 내려놓으시오. 남 소저."

"그러지 못하겠다면요?"

"내가 할 수 있는 말은 방금 전과 같소. 싸움이 끝난 뒤에 성아가 느낄 압박감을 고려하시오."

남소유는 아랫입술을 질끈 깨물었다.

자신의 목숨을 내놓으면서까지 싸움을 종식시키려는 한유원의 기백을, 그녀는 당해 낼 수 없는 걸까?

하지만 남소유는 곧 고개를 털었다.

진지한 눈매로 말한다.

"그 말, 그대로 돌려 들리겠어요."

"음?"

"아직 무성을 많이 아끼신다고 했지요? 그렇다면 우리 둘 다 다쳤을 때 무성이 느낄 감정을 고려해 보세요. 정말 무성을 아낀다면 그런 극단적인 선택을 내리지 못할 테니."

한유원의 눈이 휘둥그레진다. 그러다 피식 바람 빠지는 소리를 내면서 눈웃음을 그린다.

"이런……! 허세가 들켰소?"

"너무 쉬운 답이었어요. 하지만 어렵더군요."

"못 본 사이 많이 달라졌구려. 성아도, 그대도."

한유원의 입가에 씁쓸함이 맺힌다.

결국 허장성세가 들키고 말았으니 어쩌면 좋을까.

남소유에게 검을 겨눈 백혈위들이 한유원에게 눈빛을 던진다.

빨리 명령을 달라는 독촉.

무신혼과 황룡이 거친 격전을 벌인 이때, 화도까지 무성에게 가담해 버린다면 진성황이 위험해진다. 그들로서는 이쪽 일을 빨리 정리해야만 했다.

하지만 그들은 생각지도 못했다.

화도가 검의 방향을 진성황이 아닌 자신들에게 돌릴 수도 있다는 사실을.

촤촤촤악!

어디선가 불어온 열풍이 그들을 단숨에 베어 넘겼다.

남소유 옆으로 화도가 툭 하고 떨어진다.

"성아의 아이야, 잠시만 물러서라."

남소유는 무성이 그를 보면서 아버지라 했던 걸 떠올리며 반검을 거두고 조심스레 물러섰다.

저벅, 저벅.

화도가 한유원 앞에 선다.

"오랜만이오."

"오랜만입니다, 화도."

두 사람은 젊은 시절에 딱 한 번 얼굴을 마주한 것이 인연의 전부였다.

하지만 그때 서로가 받은 인상은 너무나 강렬했다.

뛰어난 힘을 지니고 있으면서도 언제나 위태로웠던 남자와 세상을 바꿀 지식을 머릿속에 담고 있으면서도 시대가 따라 주지 않던 사내.

"성아를 저리 키워 준 것이 당신이라 들었소. 늦었지만 지금이라도 감사의 인사를 드리오."

"제가 없었어도 무럭무럭 잘 자라났을 아입니다."

"그러니 부탁드리겠소. 성아를 봐서라도 이제 그만 포기하시오."

한유원은 씁쓸하게 웃으면서 고개를 가로저었다.

"성아가 있는 한 싸움은 계속 끊이질 않을 것입니다. 그걸 멈추기 위해서라도 제가 고리를 끊어야 합니다."

"그렇게 말한다면…… 어쩔 수 없지."

화도는 땅이 꺼져라 한숨을 내쉬더니 몸을 반대로 돌렸다.

"이만 가자."

남소유가 흠칫 놀란다. 한유원을 지키고 있던 백혈위도 모두 죽었는데 그를 그냥 두고 돌아간다고?

"우리 주변에 누가 있는지를 봐라."

남소유는 그제야 정신을 차리고 주변을 둘러봤다.

삥 에워싼 하왕의 군대들.

그런데 그들이 갖춘 진영이 어딘지 모르게 답답하다.

아마도 남소유와 화도를 잡기 위한 것일 테지.

만약 한유원에게 해를 끼친다면 즉각 달려들 것이다.

하지만 섣불리 건들지 않는다면 저들도 쉽사리 나서지 못한다.

화도의 힘을 직접 목격했으니 괜스레 큰 피해만 입을 수 있다.

그러니 화도와 한유원은 이번 충돌은 이만한 선에서 끝내자는 것으로 무언의 합의를 본 것이다.

하왕의 군대는 두 사람을 붙잡지 않았다. 그저 가만히 지켜보기만 할 뿐.

"그리고 성아가 부탁하더구나. 널 데리고 이곳을 벗어나 달라고."

"아."

무성이 화도와 합공을 했더라면 진성황을 잡을 수도 있었을 테지만, 그는 위기에 처한 남소유를 구하는 데 더 무게를 뒀다.

'무성…….'

남소유는 가슴이 따뜻해지는 한편 끝날 수도 있었을 싸움이 계속되리란 생각에 미안했다.

결국 그녀는 화도를 따라 돌아서려는데,

꿈의 차이 215

"아, 남 소저. 떠나시기 전에 이걸 받아 가시오."

그때 한유원이 갑자기 소리쳤다.

남소유는 뭔가 싶어 고개를 돌리다 자신 쪽으로 날아오는
걸 잡았다.

걸쭉한 액체가 담긴 병이다.

혹시 독이나 화약은 아닌가 싶어 표정이 살짝 굳는다.

한유원은 걱정 말라는 듯이 고개를 저었다.

"좋은 거요. 성아에게 건네면 알아서 할 것이오."

"……?"

"챙겨 두는 게 좋을 것 같구나."

남소유는 그래도 안심하지 못하고 머뭇거리다, 화도의 말
이 떨어진 후에야 겨우 품속에 갈무리했다. 그녀는 한유원에
게 감사하다는 뜻으로 포권을 취하고 화도를 따라 군영을 벗
어났다.

하지만 여전히 주변에는 군대가 있어 완전히 빠져나가려면
조금 힘들 듯했다.

"며늘아기가 될 사람이니 잠시 손을 대는 것을 허락하여
라."

"예? 아!"

화도는 허락 없이 남소유를 안더니 그대로 허공으로 몸을
날렸다.

남소유의 얼굴이 붉어졌다. 며늘아기라는 말도 그렇고, 무성이 쏙 빼닮은 화도의 모습도 그렇고, 가슴이 두근거렸다.

　발아래로 군영이 개미만 하게 보인다.

　"세상을 등졌던 내가 왜 돌아왔는지 아느냐?"

　하지만 화도가 던진 질문에 정신이 번쩍 들었다. 조심스레 묻는다.

　"왜……이신가요?"

　"이번만큼은 지키기 위해서다. 내 아들을."

　"누구로부터요?"

　화도는 하늘을 쭉쭉 미끄러지면서 아래쪽을 슬쩍 내려다봤다.

　그의 시선이 향하는 곳은 진성황이 아니다.

　바로 그 옆이었다.

　한유원.

　"저 사람으로부터지."

　작은 혼잣말과 함께 그의 존재는 서서히 하늘 속으로 녹아들어 사라졌다.

　　　*　　　*　　　*

　서로를 찢어 버릴 것처럼 수없이 격돌하던 무신혼과 황룡은 커다란 충돌 후, 한참 밀려나 서로를 잔뜩 노려보았다.

"결국 여기까지로군."

황룡 아래에서 진성황은 넌덜머리가 난다는 듯이 고개를 털었다.

『지금이라도 멈출 생각은?』

"없지, 당연히. 네가 그리려는 세상이 잘못되었다는 생각은 추호도 변하지 않는다."

결국 진성황과 무성은 그들 사이의 거리를 좁힐 수가 없다.

『……다음에 뵙겠소.』

"그러지."

무성도 진성황도 힘을 너무 많이 낭비했다.

다음에 겨루는 것이 훨씬 나으리라.

스스스스.

무신혼이 바람결에 서서히 사라진다. 소신안은 완전히 사라지기 전에 고개를 돌리더니 그 모습을 완벽히 감출 때까지, 한유원에게서 시선을 떼지 않았다.

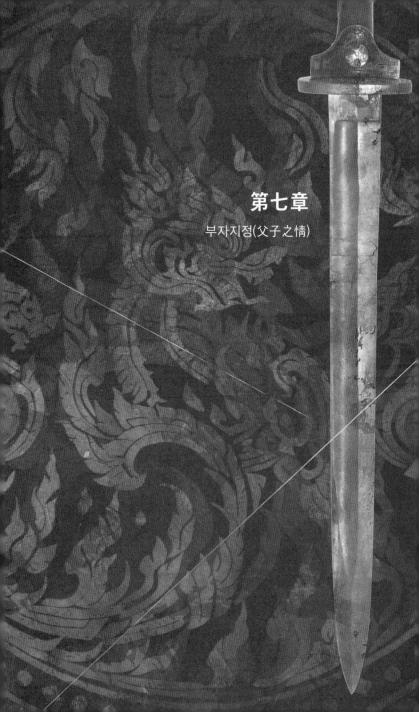

第七章

부자지정(父子之情)

　"이런다고 해서 제 마음이 바뀔 것이라 생각하시면 오산이십니다."

　"……."

　하왕의 군영이 더 이상 보이지 않을 때쯤.

　무성은 차가운 어투로 화도에게 확실하게 못을 박아 버렸다.

　남소유는 그러지 말라고 눈치를 주었지만, 무성은 그쪽으로 눈길을 주지 않았다.

　화도는 가만히 무성의 눈빛을 보다가 살짝 웃었다.

　"나 역시 네가 이 정도로 마음을 돌려 줄 것이라 기대는 하지 않았단다. 누가 뭐래도 너는 진씨의 핏줄이니까. 고집 세고, 완고하지."

"……."

무성은 말문이 막혔다.

화도는 남소유 쪽을 돌아봤다.

"아가야."

"예!"

남소유가 허리를 쭈뼛 세운다.

"앞으로 이런 아이를 데리고 살려면 복장 터질 일이 한두 번이 아닐 텐데, 괜찮겠느냐?"

남소유의 눈이 살짝 휘둥그레지다가 이내 배시시 웃는다.

"괜찮습니다."

"호오?"

"이미 너무 많이 터져서 무덤덤해졌으니까요."

"허허허허! 하긴. 그도 그렇겠어!"

화도와 남소유는 오늘 처음 만났는데도 불구하고 죽이 척 척 잘 맞았다. 무성은 웃지도 못하고 울상을 짓지도 못한 채, 중간에서 애매한 입장이 되어 버렸다.

*   *   *

무성 등은 자리를 완전히 나와 동쪽으로 다시 이동하기 시작했다.

하왕 측에 진성황과 한유원이 있고, 그들에게서 대답을 들었으니 더 이상 싸움을 미룰 필요가 없었다.

아니, 그렇기에 빨리 싸움을 서둘러야만 했다.

이미 피폐해질 대로 피폐해진 강남의 사정을 보지 않았던가.

민란이 언제라도 벌어질 수 있는 시기.

천하가 혼란에 잠기기 전에 자신들이 대권을 틀어쥐어 모든 걸 종식시키고 싶은 것이리라.

하지만 그런 것이 더더욱 혼란을 부추길 따름이니.

대체 한유원은 삼왕과 집무회를 갖고 뭘 하려는 것일까?

탁!

무성 일행은 호남 장사에서 얼마 떨어지지 않은 동정호 인근에 도착했다. 이미 떠나기 전에 창붕군과 어디서 다시 만날지 정해 둔 터라 합류하는 건 그리 어렵지 않았다.

뒤따라오던 현무군은 월왕과 오왕의 연합군에 맞부딪친다. 창붕군은 진로를 바꿔서 뒤쪽으로 선회해 연합군을 압박해 들어가는 식이었다.

아니나 다를까.

찾아간 그곳은 이미 전투가 한창이었다.

동정호의 악양루를 바탕으로 배수진을 친 현무군은 악착같이 연합군을 막아서고, 창붕군은 쉴 새 없이 연합군을 때린다.

일명 '모루와 망치'다.

그 때문에 연합군은 정신을 못 차리면서도 제 딴에는 활로를 찾고 있었다.

흑산수로맹의 잔당들로 추정되는 수적과 산적들이 동정호 물길을 타고 배를 몰고 오면서 화포를 연신 발포해 댄다.

창붕군이 미친 듯이 진격을 할 때에 사용했던 것과는 비교도 할 수 없을 정도로 어마어마한 양.

대체 그 많은 화포며 화약이 어디서 났는지 짐작도 가지 않을 정도다. 연합군 측에서 제공이라도 해 준 것일까.

하지만 그 때문에 단단한 모루의 역할을 해야 할 현무군이 위기에 처했다.

소낙비처럼 화탄이 떨어지는 판국이다. 이런 상황에 군영이 뭉쳐 있다가는 표적의 대상이 되기 쉽다. 그렇다고 해서 배수진을 친 입장에서 군영이 흐트러졌다가는 그대로 궤멸로 이어지고 만다.

이러지도 저러지도 못하는 난감한 상황.

창붕군도 어느새 기세를 찾은 연합군의 완강한 저항에 부딪쳐 활로를 뚫지 못했다.

이대로는 현무군이 무너질 수밖에 없을 것처럼 보이던 그 때,

콰아아아아아앙!

갑자기 동정호의 푸른 하늘에서 빛무리가 터지더니 무신혼이 나타나 전함을 향해 여섯 팔을, 그리고 여섯 개의 재앙을 내렸다.

콰콰콰콰콰콰—콰!

동정호에 풍랑이 불어닥쳤다.

"련주님이다! 련주님이 돌아오셨다!"

돌풍을 동반한 거친 풍랑은 뱃전을 크게 흔들어 화포의 각도가 제대로 나오지 못하도록 만들고, 이어서 쏟아지는 불벼락은 그대로 배를 동강내 버렸다.

이미 무신혼에 의해 몇 번씩이고 큰 고초를 겪었던 수적들은 뱃머리를 돌려 화포의 방향을 바꾸거나 아예 탈출을 시도하기도 했다.

그들 중에는 삼왕이 지원한 수군도 수두룩한 바.

이렇게 많은 숫자를 혼자서 다 잡아내지는 못할 것이라 판단을 했기 때문이었다.

하지만 그들은 무성과 같은 고수가 하나 더 있다는 것을 알지 못했다.

콰르르르르르!

갑자기 하늘에서 불비가 유성우처럼 거침없이 쏟아지면서 배들을 잇달아 때렸다.

화포보다도 더 무시무시한 위력과 정확도를 자랑하는 화도의 공격이다. 불비가 쏟아진 곳은 배의 파편 조각들이 계속 튀어 오르고, 푸른 동정호의 물결은 붉은색으로 탁하게 변해 버렸다.

어찌어찌 운 좋게 빠져나갔다 싶어도 마음을 놓을 수 없었다.

한 줄기 바람이 분다 싶으면 청초하게 생긴 여인이 배 쪽으로 올라선다.

그녀는 거침없이 손에 든 반검을 내리쳐 배의 용골 중앙을 반듯하게 잘라 버리고는, 다음 배로 휙 하고 몸을 날린다.

배를 징검다리 삼아 움직이면서 하나하나씩 난파를 해 나간다.

결국 폭풍우가 휘몰아치고 지나갔을 때쯤엔, 동원된 배들 중에서 멀쩡한 것이 하나도 없었다.

"퇴, 퇴각하라!"

결국 이를 보다 못한 연합군의 오왕과 월왕은 각 군에 퇴각 명령을 내리고 다른 누구보다 먼저 부리나케 말을 몰아 달아났다.

무성은 그들을 잡을까 싶었지만, 일단 수군 전력을 궤멸시

컸다는 데 의의를 두고 차후를 기약했다.

곧 창붕군과 현무군 진영에서 일제히 함성이 터졌다.

유화가 밝은 얼굴로 다가온다.

현무군을 지휘하던 입장으로서는 무성이 부재중일 때에 큰 패배를 할까 봐 노심초사하던 차였다.

보는 눈이 많아 안기지는 못했지만, 그를 바라보는 눈길에는 사랑이 가득했다.

하고 싶은 말이 잔뜩 있었다.

그래서 뭐라도 말을 하려는데, 문득 무성이 데려온 사람 중에 익숙한 얼굴이 보였다.

"아, 아저씨?"

"오랜만이구나."

화도를 알아본 유화의 눈이 휘둥그레지더니 그에게 와락 안긴다.

"아저씨!"

"많이 컸어. 그새 숙녀가 다 되었구나."

화도는 유화를 안아 머리를 가만히 쓰다듬어 주었다.

어린 시절, 유화는 무성의 집에 자주 놀러 가곤 했다. 너무 어렸을 때라 어렴풋하게나마 기억이 남아 있지만, 놀러 갈 때마다 화도가 맛있는 간식을 자주 줬던 걸 기억한다.

그러다 홀연히 갑자기 자취를 감춰 버려 다시는 못 만날 거라 생각했는데. 무성과 같이 돌아올 줄이야.

"어떻게……?"

"이야기를 하자면 길구나."

화도는 씁쓸하게 웃는다.

유화가 무성을 돌아보자, 무성은 상대도 하기 싫다는 듯이 고개를 젓더니 미간을 좁히면서 진지하게 말했다.

"오왕과 월왕은 곧 출발한 하왕에게 도움을 받으러 중경 쪽으로 이동할 가능성이 높아. 내일 아침에 바로 출발할 거니까, 그렇게 진행해 줘."

"응. 알았어."

무성은 화도를 살짝 노려보더니 없는 사람 취급하면서 군영 안쪽으로 들어갔다.

남소유는 안절부절하지 못하다가 화도에게 인사를 하고 허겁지겁 무성의 뒤를 따랐다.

남겨진 유화만이 눈을 살짝 크게 뜬다. 설명을 듣지 않아도 왠지 두 사람 사이에 무슨 일이 벌어졌는지 알 수 있을 것 같았다.

화도의 어깨가 너무 축 처져 보인다. 그런데도 사라지는 무성에게서 시선이 떨어지질 않는다.

"아저씨……."

"괜찮단다. 어차피 다 내가 자초한 일이니."

화도는 손사래를 치더니 살짝 옅은 미소를 지었다.

"그보다 너도 고생이 많겠구나. 저렇게 무뚝뚝하게만 있으
니. 쯧! 어쩌랴? 내가 혼내 주랴?"

"아, 아니에요."

유화는 기어들어 가는 목소리로 고개를 푹 숙였다.

귀가 빨갰다.

무성은 간독이 있는 방으로 들어섰다. 남소유도 다급히 따
라서 들어왔다.

"아버지의 일에 대해서 말씀하시려는 거라면 하지 마세요."

먼저 못을 박아 버리는 탓에 남소유는 아무 말도 하지 못
하고 고개를 끄덕여야만 했다.

하고 싶은 말이 잔뜩 있었지만, 사실 부자지간의 일은 그
들 당사자들이 해결해야 하는 일이었으니.

대신에 그녀는 약병을 내놨다.

무성은 약병을 받고 고개를 갸웃거렸다.

"이게 뭡니까?"

"저도 모르겠어요. 하지만 유원이 무성에게 주면 알아서 할
거라고 했어요."

"숙부님이?"

무성은 약병을 들어 내용물을 확인하다가 눈이 휘둥그레졌다.

"설마……?"

남소유는 뭔가 잘못 됐나 싶어 발을 동동 굴렸다.

하지만 무성은 거침없이 뚜껑을 열더니 코에 가까이 대며 냄새를 맡아 보더니, 살짝 병을 기울여 혀끝에 한 방울을 톡 하고 내렸다.

"역시!"

무성의 눈이 커진다.

"그게 뭐기에?"

"영약입니다."

"영약이요?"

그제야 남소유도 놀랐다.

"예. 이 정도라면……! 공청석유가 아닐까 싶어요."

"……!"

세상에 수많은 영약이 있다지만, 대부분 가짜거나 진짜더라도 소문과 달리 내공에 큰 도움을 주지 못한다.

하지만 공청석유는 다르다.

지저 동굴에, 음기가 가득한 웅덩이에 달의 정기를 머금은 물방울이 십 년에 한 방울씩 겨우 떨어진다. 이런 걸 모아 만든 게 공청석유다.

한 방울만 마셔도 병환이 사라지고, 두 방울을 마시면 불로장생하며, 세 방울을 마시면 득도를 하게 된다는 영약.

물론 소문처럼 뛰어나지는 않을 것이나, 화상을 입어 생사 지경을 헤매는 간독에게는 너무나 필요한 약임이 틀림없다.

그런 것을 한유원이 줬다고?

무성은 가슴이 살짝 미어졌지만, 곧 정신을 퍼뜩 차렸다.

약이 있다면 빨리 써야 한다.

"남 소저, 가서 불허사의를……!"

공청석유가 그냥 들어가면 면역력이 떨어진 간독의 몸이 버티지 못할 수 있기에 제대로 흡수될 수 있도록 전문 의원의 손이 필요했다.

남소유는 다급하게 고개를 끄덕이면서 밖으로 나섰다.

그사이 무성은 약효가 날아갈까 싶어 뚜껑을 닫고 병을 꽉 쥐었다.

간독을 보며 중얼거린다.

"내가 말했지? 지옥 끝까지 가서라도 네 머리끄덩이를 잡고 다시 올라올 거라고. 그런데 그건 숙부님도 다르지 않았던 모양이다."

"……"

당연히 간독에게선 아무런 대답도 없었다.

하지만 무성은 간독의 꼭 감긴 눈자위가 꿈틀거린 것 같다는 생각이 들었다.

　불허사의는 다급하게 뛰어왔다. 방금 전 전투에서의 부상자들을 치료하던 그는 어딘지 모르게 다급해 보였다.

　"공청석유라고?"

　"이걸 봐 주십시오."

　불허사의는 무성에게 약병을 건네받아 뚜껑을 살짝 열었다.

　향긋한 향이 물씬 풍긴다.

　코를 갖다 대서 냄새를 맡아 보더니 급히 침통에서 끝이 살짝 구부러진 이상한 장침을 꺼내 약병 속으로 밀어 넣었다가 뺀다.

　갈고리처럼 휘어졌던 장침이 꼿꼿하게 펴져 있었다. 색깔도 금색으로 변했다.

　그제야 불허사의 입가에 미소가 번졌다.

　"공청석유가 맞군! 대체 이걸 어디서 구한 것인가?"

　무성은 대답 대신에 웃으면서 물었다.

　"그것이라면 간독을 치료할 수 있겠습니까?"

　"있다마다! 돌팔이가 아니고서야 실패하면 입에 칼을 물어야지!"

　불허사의는 흥분한 기색이 역력했다.

그도 그럴 것이 영약 중에서도 가장 찾아보기가 힘든 공청석유니 써 볼 수 있다는 사실만으로도 들뜰 수밖에 없다.

불허사의는 자신을 따라온 의원들에게 필요한 약재와 기구들을 가져오라고 지시를 내렸다.

잠시 후, 실내에 탕약 냄새가 물씬 풍겼다.

*   *   *

"으음······."

간독은 정신이 너무 어지러웠다.

'여기가······ 어디지?'

속이 메스껍고 골이 띵 하고 울린다.

물이라도 한 잔 마시고 싶다.

눈을 억지로 뜨니 조금씩 세상이 시야에 맺힌다. 시끄러운 소리도 조금씩 잡히기 시작한다.

인지(認知)가 제대로 이뤄지자, 그제야 자신에게 무슨 일이 있었는지 떠올랐다.

쌍존맹이 나타나고, 폭발이 일어났다. 무성을 보호하려 그를 감싸 안았었던 것까지 기억난다.

분명 그때 자신은 죽지 않았던가?

시야가 제대로 잡히자, 가장 먼저 보인 얼굴은 바로 무성이었다.

"일어났냐?"

시큰둥한 얼굴로 입술을 이죽거린다.

간독은 와락 인상을 찡그렸다.

"뭐냐? 생명의 은인한테 그딴 면상이 뭐야?"

"누가 구해 달랬어?"

"이 새끼가?"

간독은 예나 지금이나 툴툴거리는 무성을 한 대 쥐어박을까 싶다가, 원래 그런 녀석이었거니 하면서 대충 넘겨 버렸다.

말을 지독하게 안 들어 먹는 것 같으면서도 쫄래쫄래 잘 따라다니는 동생.

그의 인식에 무성은 딱 그 정도였다.

"하여간…… 다행이다."

무성이 작게 중얼거린 말에 간독은 피식 웃어 버렸다.

역시 솔직하지 못한 놈이다. 괜히 울 것 같으니까 억지로 인상 쓰는 척하기는.

"근데 여긴 어디야?"

간독은 뻣뻣한 목을 억지로 움직이려다가,

"아직 무리해서는 안 되네. 기운이 어느 정도 자리를 잡을 때까지 그대로 있게."

마침 쟁반 위에 탕약을 한가득 들고 들어오는 불허사의의 제지에 다시 목을 바로 뉘여야만 했다.

불허사의가 간독에게 탕약을 먹이고 진맥을 하는 동안, 간독과 무성은 대화를 나눴다.

"으으. 맛없어."

"그래도 먹어."

"빌어먹을 놈. 하여간 말해 봐. 꼴 보니까 시간 좀 지난 것 같은데. 무슨 일 있었던 거냐?"

무성은 쓰게 웃더니 여태 있었던 일들에 대해서 쭉 설명해 줬다.

축약을 하거나 요점만 이야기하지 않았다. 그랬다가는 욕지거리만 돌아올 테니. 그래서 넋두리를 하듯이 떠오르는 대로 쭉 말한다.

간독이 쓰러진 뒤로 심마에 들었었던 일. 한유원의 부름을 받아 강호를 잠시 돌아다녔던 일. 엉망이 된 강남을 쭉 봤던 일. 하왕의 군영에서 있었던 일.

간독은 적당히 맞장구를 치면서 고개를 끄덕였다.

그 때문일까.

무성은 자신도 모르게 속에 담긴 이야기까지 꺼내 버렸다.

아버지에 대한 생각, 남소유에 대한 생각, 앞으로 일에 대한 생각, 그리고…… 한유원에 대한 생각.

무성은 속이 시원하면서도 조금 낯선 기분을 느꼈다.

귀병이 되어 바쁘게 세상과 싸우고, 높은 자리에 오르면서 속내를 거의 드러내지 않게 되어 버렸기 때문일 것이다.

언제나 뒤를 돌아볼 여유가 없었기 때문에, 짧게 주어진 이 시간이 속을 확 트이게 만들었다.

자신의 모든 것을 알고 있는 간독 앞이기 때문이리라.

그래서 모든 토로가 끝났을 때, 무성은 후련하다는 생각이 들었다.

마지막까지 앙금으로 남아 있던 심마가 확 풀렸다.

자신은 예전부터 이런 걸 바랐던 것이 아닐까.

꽁꽁 싸맨 것들을 모두 풀고, 마음 놓고 편하게 있을 수 있는 공간을.

"복잡한 새끼."

하지만 간독은 그 모든 고민거리를 아주 간단하게 축약시켰다.

"뭘 그렇게 어렵게 생각해? 어차피 한 번밖에 없는 인생인데 그냥 즐기면서 살아! 그렇게 머리 시끄러우면 재미있냐? 난 듣는 것만으로도 정수리에서 열이 난다."

"……너한테 말한 내가 미친놈이지."

무성은 인상을 잔뜩 찡그렸다.

하지만 간독의 핀잔은 줄어들지 않는다.

"내가 틀린 말 했냐? 쉽게 살아. 그냥 자유롭게 살라고. 왜 그렇게 뭐든지 어려운 길로 가려고만 해? 마음 가는 대로 하라고."

무성은 눈살을 찌푸리며 한 마디를 쏘아붙이려다 흠칫 놀랐다.

마음 가는 대로 하라고?

"아버지 일이 복잡해? 한가 놈이 복잡해? 무신련 일이 복잡하다고? 그딴 게 뭐가 필요 있어! 제일 중요한 건 너잖아, 인마. 그냥 너 하고 싶은 대로 해. 누가 말려?"

간독은 혀를 쯧쯧, 하고 찼다.

"내가 봤을 땐, 너 지금 아버지나 한가 놈에게 안겨서 어리광 피우고 싶은 걸 온갖 핑계를 대면서 피하고 있는 거나 마찬가지다. 누이 일이 있다고? 뜻이 다르다고? 그딴 게 다 뭔 소용이야! 두 사람 다 너에게는 소중한 사람들 아니었어?"

"……."

"쉽게 생각해. 뭐든지 어려워 보여도 사실 해결책은 의외로 아주 간단한 법이니까."

무성은 입을 꾹 다물었다. 간독을 지그시 응시하다가 아무것도 없는 허공에다 잠시 시선을 주기도 한다.

간단하게 생각해라.

너무 어렵게 가지 마라.

"너의 하늘은 어떤 하늘이냐?"

무신 백율이 그에게 던졌던 말.

모든 걸 지켜야 한다는 생각에 너무 얽매여 있었던 건지도 모르겠다 싶었다.

"고맙다."

무성은 그 한 마디만 툭 던지고 일어나 막사를 떴다.

"하여간 애늙은이 새끼. 세상 고민 혼자서 다 짊어진 척 굴어도 결국 속은 애새끼면서 왜 저래?"

간독은 막사를 빠져나가는 무성의 뒷모습을 보면서 툴툴 거리다가, 자신을 뚫어져라 쳐다보는 눈길이 있다는 걸 깨닫고 고개를 옆으로 돌렸다.

불허사의가 싱긋 웃고 있었다.

"왜 그러시우? 징그럽게."

"자네, 혹시 정치해 볼 생각 없나?"

"갑자기 자다 말고 뭔 봉창 두들기는 소리요?"

"아니. 말을 너무 잘한다 싶어서. 저 쇠고집인 련주를 저렇게 들었다 놨다 할 줄 아는 사람은 자네밖에 없어서 말일세."

"뭐, 이 몸이 좀 잘난 건 사실이라우."

간독은 히죽 웃었다.

　　　　＊　　　＊　　　＊

마음 가는 대로 해라.

마법 같은 주문을 듣고, 무성은 마치 뭔가에 홀린 듯이 나와서 화도가 있는 막사 근처까지 왔다가 정신을 차리고 발걸음을 잠깐 멈췄다.

두리번, 두리번, 그 주변을 맴돌기만 한다.

이상하게 머뭇거려진다.

자신은 지금, 뭘 하고 싶은 걸까.

그때 막사 안쪽에서 웃음소리가 들린다.

"호오! 그래서? 어찌하였더냐?"

"그래서 무성이……!"

화도와 남소유의 목소리다.

남소유는 마치 종달새처럼 예쁜 목소리로 종알대고, 화도는 그걸 기분 좋게 들으면서 웃음소리를 터뜨린다. 간간이 유화의 놀란 목소리도 들린다.

"정말 그랬단 말이에요? 세상에!"

"그땐 정말 저희 모두 얼마나 놀랐는지 몰라요. 지금이니 이렇게 이야기할 수 있는 거지, 그때는 정말……."

"역시 성아네요. 걱정이나 끼치고."

"그래도 둘 다 너무 뭐라고 그러지 말려무나. 너희들을 지키기 위해서 그런 것이었으니."

"알고 있으니 그냥 넘기는 거죠."

"맞아요."

화도의 두둔에 남소유와 유화는 아주 죽이 잘 맞아 대답을 한다.

무성은 문가에 서서 그들이 하는 이야기를 가만히 듣기만 했다.

'저렇게…… 밝은 사람이었나?'

여태껏 그가 봤던 화도는 정말 어두운 사람이었다.

말이 없고, 무뚝뚝하며, 언제나 슬픈 눈빛으로 자신을 쳐다본다.

하지만, 생각해 보면 그렇지도 않았다.

어린 시절, 거의 기억도 나지 않지만, 그래도 겨우 남아 있는 기억을 떠올려 보면 아버지는 언제나 웃음이 많은 사람이었다.

밭을 갈고 돌아오면 땀에 흠뻑 젖은 몰골로 자신을 안아 주다가 누이에게 핀잔을 듣기도 하고, 동정호에서 물고기를 잡아 주겠다고 그물을 던졌다가 돌멩이만 한가득 줍던 허당기 가득한 사람이기도 했다.

그런 아버지의 모습이…… 이제야 다시금 떠오른다.

'이따가 다시 올까.'

무성은 괜히 이곳에 있으면 안 될 것 같아 자리를 뜨려 했다.

그때,

"손님이 오신 것 같네요. 그럼 저흰 이만 나가 볼게요."

"저도 급히 해야 할 일이 있어서요."

"다음에 또 이렇게 시간을 내주려무나."

"저희가 부탁드리고 싶은 걸요."

남소유와 유화가 막사를 빠져나왔다.

두 사람은 무성을 발견하고 마치 알고 있었다는 듯이 배시시 웃더니 자리를 뜬다.

마치 뒷일은 알아서 하라는 듯.

무성은 우두커니 서 있다가 문 쪽을 힐끔 봤다.

안쪽에서 목소리가 들린다.

"술…… 한잔하겠느냐?"

살짝 열린 문틈 사이로 알싸한 과일향이 풍긴다.

원래 그닥 술을 좋아하지 않던 무성이었지만, 지금은 그 향에 이끌려 안으로 들어섰다.

화도는 살짝 취기가 도는 얼굴로 자리에 앉아 있었다. 자신의 맞은편에 잔을 하나 놓으며 호리병을 기울인다.

또르륵.

밖에서 맡았던 것보다 더 진한 향과 함께 맑은 술이 잔을 가득 채운다.

"앉으려무나."

무성은 말없이 자리에 앉았다.

두 사람 사이에는 별다른 대화가 없었다.

그래도 상관없다는 듯, 화도는 자신의 잔에도 똑같이 호리병을 기울여 술을 채우고는 높이 들었다.

"들자."

무성도 따라서 마신다.

탁! 탁!

잔과 잔이 탁상에 떨어진다.

그리고 다시 잔을 채운다.

또르륵.

그리고 다시 한 잔.

두 사람은 계속 말없이 술잔을 채우고 비웠다.

별다른 대화도 나누지 않았지만, 그것으로도 충분했다.

부자지간에 필요한 것은 서로를 위하는 마음 하나면 충분했으니까.

그렇게 밤이 새도록, 막사 안은 상쾌한 과일향과 따뜻한 열기가 사라지지 않았다.

第八章

삼왕의 난(亂)

밤새 술자리가 있은 후에 무성은 어딘지 모르게 달라진 분위기였다.

하지만 그 차이가 아주 미묘해서 사람들은 그게 대체 뭔지 정확하게 알 수가 없었다.

그때 파발이 하나 다급히 도착했다.

집무회에 의해 사천에서 진로가 막혔던 사자군이 보낸 서찰이었다.

삼왕의 군대가 장강을 넘는 게 실패로 돌아가자, 즉시 방향을 선회해 사천 지방으로 흘러 들어가고 있다는 내용이었다.

"사천은 원래 험한 산세와 풍부한 물산 때문에 병력을 숨기고 전열을 정비하기가 좋아. 더군다나 집무회라는 기반이 있는 데다가, 우리의 한 축을 몰아낼 수 있으니까 더 구미가 당길 테고. 빨리 서둘러야 해."

여기에 유화가 강한 의견을 내놓았다.

무성은 의견을 적극적으로 받아들였다.

"그럼 부상자들과 그들을 돌볼 최소한의 병력만 남기고 바로 움직이도록 하지."

하지만,

쾅!

"날 두고 어딜 간다는 거야!"

간독이 어떻게 그 사실을 알았는지 회의장에 난입했다.

무성은 누가 쪼르르 병실까지 달려가서 이 사실을 알렸냐며 수뇌부들을 노려봤지만, 죄다 못 본 척 시선을 돌렸다.

땅이 꺼져라 한숨을 내쉰다.

보아하니 자신도 모르는 사이에 미리 수뇌부들을 전부 구워삶아 놓은 모양이다.

"대체 그 몸으로 어딜 가겠다는 거야?"

희대의 영약이라는 공청석유를 썼다지만, 워낙에 큰 부상을 입은 탓에 최대한 안정을 취해야만 한다.

하지만 말을 잘 들을 간독이 아니다.

도리어 콧방귀까지 뀐다.

"이 몸으로 사천을 가든 낙양을 가든, 그건 내 맘이지!"

"쉬어. 못 데려가."

"그래? 그럼 맘대로 해."

간독이 히죽 웃는다.

무성은 그 웃음이 너무 마음에 걸렸다. 눈살이 저절로 찌푸려진다.

"또 뭘 꾸미려는 거야?"

"꾸미긴 뭘 꾸며? 우리 련주님께서 못 데려가신다면 얼른 다른 방법을 찾아야지."

"……?"

"그렇지 않아도 우리 화도 영감님께서 적적하신지 술친구가 필요하신 모양이던데……."

"젠장."

이 얄미운 능구렁이가 수뇌부뿐만 아니라, 아버지까지 구워삶아 놓은 걸 깜빡하고 있었다.

예전처럼 일방적으로 화도를 내쳤다면 모르되, 밤새 술을 마시면서 마음속 앙금을 조금씩 털기 시작한 무성으로서는 그냥 넘길 수가 없는 일이다.

아니, 그보다 하루 종일 병실에만 누워 있던 인간이 자신과 아버지 사이에 있었던 일을 어떻게 아는 건가?

무성은 이 군영 내에서 벌어지는 모든 일들이 간독의 손바닥 안에 있다는 사실에 한숨이 절로 나왔다.

아마 간독이 뒤통수를 치기로 마음먹는 날에는 무성 자신의 자리도 남아 있지 않을 거다. 물론 그럴 일은 절대 없겠지만.

결국 무성은 짜증을 버럭 내 버리고 말았다.

"가다가 뒈지더라도, 이번에는 머리채 잡고 안 올라온다?"

"흐흐흐. 그렇게 말해도 네가 날 억지로 업고 삼도천을 건널 거란 건 잘 알지."

하여간 말이나 못 하면.

무성은 땅이 꺼져라 한숨을 내쉬었다.

그렇게 최종의 일전(一戰)을 위한 마지막 이동이 시작되었다.

＊　　　＊　　　＊

쾅!

탁상을 세게 내리치면서 버럭 화를 낸다.

"대체 이 일을 어찌하면 좋단 말이오! 어찌 세 개의 왕부가 뭉쳤는데도 저깟 무뢰배 집단 하나 넘어서질 못한단 말인가!"

붉은 머리칼이 부르르 떨린다.

난을 일으킨 주역, 삼왕 중 하나인 오왕은 분노에 찬 눈빛으로 둥근 탁상에 모여 앉은 사람들을 노려봤다.

월왕은 비딱한 자세로 고개를 꼬았다.

삼왕 중에서 가장 나이가 지긋한 그는, 한평생 자중에 자중을 거듭하다가 한 번 획책한 난이 무위로 돌아가면서 모든 걸 잃어버리게 생기자, 다른 어느 때보다 신경이 날카로워져 있었다.

"그거야 허술하기 짝이 없는 오왕부의 수군들이 죄다 동정호 밑바닥에 가라앉아서 그런 것이 아닌가?"

"뭐요!"

"어디 내가 틀린 말 했는가? 언제는 중원 최고의 수군 전력이라며 침이 튀도록 자랑을 하더니, 결국엔 수수깡으로 만든 돛단배에 올라탄 오합지졸에 불과하지 않았나."

동정호 밑바닥에 죄다 가라앉은 수군은 오왕부에서 심혈을 기울여 만든 것들.

실제로 왜구와의 전투에서 혁혁한 공을 세우면서 황해와 동해에서 큰 이름을 날리기도 했다.

하지만 이번에 전멸을 면치 못하고 말았으니.

오왕부로서는 오른 팔과 오른 다리가 동시에 잘려 나간 격이라 출혈이 너무 컸다.

오왕은 굳이 그걸 지적한 월왕을 잔뜩 노려봤다.

하지만 월왕은 네깟 놈이 노려보면 어쩔 텐가, 라는 눈빛으로 되받아쳤다.

오왕은 으득, 하고 이를 갈다 말고 뭔가를 떠올리곤 피식 웃고 말았다.

"하면 월왕께서는 아주 대단하시어서 창기병을 모두 잃으셨나 봅니다?"

"뭣이?"

월왕의 한쪽 눈썹이 꿈틀거린다.

오왕의 비소가 짙어진다.

"그렇지 않소? 구주를 질타하며 언제나 북방으로 넘어가면 기왕부의 군사들도 능히 대적할 수 있을 거라 자신만만해 하시더니 뭐 하나 해 보지도 못하고 모조리 쓸려 나가고 말지 않았소?"

으드득!

월왕의 눈에 흉흉함이 자리 잡는다.

오왕부에 수군이 있다면, 월왕부에는 창기병이 있다.

탄탄한 갑주를 차려입고 오른손에는 창을, 왼손에는 왕부를 상징하는 깃발을 든 그들은, 습한 남쪽 지대를 누비면서도 언제나 무패를 자랑했다.

수군이 동정호에서 배수진을 친 현무군을 때리는 사이, 창기병은 창봉군의 진영을 누비면서 활약을 하기로 계획되어 있었다.

하지만 수군의 몰락과 함께 무신련이 다시 진영을 갖추면서 반격을 꾀한 탓에, 창기병은 그들이 자랑하는 기동력을 자랑하기도 전에 모조리 쓸려 나가고 말았다.

결국 오왕부와 월왕부, 두 곳 모두 비웃을 것 없이 뼈아픈 결과만을 본 것이지만, 서로가 아픈 곳을 지적하면서 마음속 갈등만 생기고 말았다.

이걸 중간에서 제지해 줄 사람이 필요했다.

"두 분 다 그만하시는 것이 어떻습니까?"

여태 조용히 있던 하왕이 입을 연다.

이 중에서 가장 큰 전력을 자랑하는 그인지라, 두 사람은 여태 그를 따로 추궁하지 않았다.

하지만 이미 건널 수 없는 강을 건너고, 주요 병력마저 잃은 두 사람의 화는 하늘까지 치솟은 상태였다.

"따지고 보면 이 사태의 모든 발단은 여태 미적거리기 바빴던 하왕부의 탓이 아닌가?"

월왕이 반대로 고개를 비딱하게 꼬며 하왕을 노려본다.

여기에 오왕도 동조했다.

"그대가 만약 병력을 빨리 지원했더라면 일이 이 지경까지 나지는 않았을 테!"

자신들이 무신련을 상대하는 동안 너는 뭐하고 있었던 것이냐는 추궁이다.

졸지에 화살을 받은 하왕은 어이가 없었지만.

"그럼 이게 전부 제 탓이란 것입니까?"

"그럼 아니란 말이냐!"

"말씀은 똑바로 하셔야지요. 이쪽의 정비가 아직 덜 끝났고 집무회와의 연동도 늦어지고 있으니 조금 더 기다려 달란 본왕부의 부탁을 거절하시고 욕심에 눈이 멀어 앞다퉈 장강을 넘으려 하셨던 건 두 분이 아니십니까?"

"헛험!"

"흠!"

오왕과 월왕은 섣불리 대답을 하지 못하고 저마다 시선을 옆으로 돌렸다.

부끄러운 것이다.

하지만 할 말이 없는 것은 아니다.

"그렇다 하더라도 곤경에 처한 우리들을 봤으면 바로 뒤를 받쳐 주는 것이 동맹이 할 일 아닌가 말일세!"

오왕은 꼿꼿하게 허리를 펴며 위압적으로 나섰다.

월왕 역시 고개를 끄덕인다.

"이 모든 것이 자네 때문에 벌어진 일이니, 하왕부에서 책임을 지시게."

하왕은 그제야 이 두 사람의 생각을 알 것 같았다.

여태 보였던 갈등은 이걸 노리는 수작이었나.

"제게 책임을 얹으시겠다, 이 말씀이십니까?"

오왕은 제자리에서 펄쩍 뛰었다.

"그게 뭔 소린가! 자네가 저지른 일이 있으니 하왕부에서 우리들을 책임지란 뜻이지!"

"그게 그 말이 아닙니까? 제가 자진해 나서서 황실에서 목이 잘리든, 아니면 하왕부에서 더 많은 전비를 차출해 두 왕부를 지원하든, 둘 중 하나를 선택하란 말씀이신데…… 전자는 이미 구족이 참해질 반역이니 못 할 것이고, 후자를 하라는 말씀은."

하왕의 눈이 차갑게 빛난다.

"결국 본 왕부를 절단 내라는 뜻이로군요."

오왕부와 월왕부에서 이 일에 대해 책임을 물어 하왕부의 모든 것을 빼앗겠다는 의미다.

하왕부는 선대 때부터 이미 풍요롭기로 유명했던 곳.

초왕부에게 몇 번씩이고 짓밟혔던 오왕부, 월왕부와 다르게 그들은 초왕부에게 밉보이지 않아 여태 전력을 보존할 수 있었다.

그러던 차에 초왕부가 결딴이 나면서, 새로이 강남의 패주로 등극하고 말았다.

당연히 오왕부와 월왕부로서는 군침이 나는 먹이일 수밖에 없다.

아무리 하왕부가 가진 힘이 대단하다 할지라도, 두 왕부의 합공을 동시에 대적하기란 요원하리라.

"그렇다면 어찌할 텐가?"

이제 더 이상 숨길 필요가 뭐가 있겠냐는 듯, 월왕이 욕망으로 번들거리는 눈을 하고서 냉소를 던진다.

하왕은 어이가 없을 지경이었다.

내몰리고 또 내몰려서 사천까지 온 이때. 장강도 넘지 못하고 궁지에 내몰린 이때. 다 같이 손을 잡고 있어도 모자랄 판국에 동맹의 것을 탐할 줄이야.

이렇게 어리석은 놈들이었나.

겨우 이런 것들과 손을 잡고 황위를 꿈꿨단 말인가?

하왕은 자신이 어리석은 선택을 했음을 이제야 깨달았다.

그리고 충언을 던져 줬던 어느 모사의 이야기가 너무나 기가 막히게 떨어진다는 것까지도.

'학적. 그대의 말이 맞네. 이것들은 버려지야. 어디 구제할 데도 없는 구더기들. 이딴 것들을 데리고서 난세를 평정하겠다고 나섰던 것이었으니…… 하! 과인이 얼마나 어리석었던가.'

하왕은 부글부글 끓는 속내를 억지로 눌러야만 했다.

하지만 대답 없는 하왕의 태도가 겁을 먹은 것이라고 착각한 오왕과 월왕은 마치 자비를 베푼다는 듯한 태도로 말했다.

"지금이라도 병권을 내놓는다면 그대에게 여전히 친왕으로서의……."

"됐습니다."

"뭣이?"

하왕은 따분하다는 듯이 팔걸이에 팔을 얹어 턱을 괴면서 다리를 꼬았다. 실로 오만방자하기 짝이 없는 자세.

"머리가 세 개인 것보다야 하나인 것이 오히려 낫겠지. 일단 강남부터 평정한다면 무신련으로서도 섣불리 손을 쓰지는 못할 것이고."

"무슨 소리를……!"

"무슨 소리긴."

하왕이 차갑게 말한다.

"오늘부로 그대들의 왕부는 본 왕부의 직할 영지로 귀속된다는 뜻이지."

오왕과 월왕이 뭐라고 소리치기도 전에,

스릭!

갑자기 뒤편에서 그림자가 돋아나더니 대검으로 두 왕의 목을 쳤다.

좌아악!

두 왕의 머리통이 바닥에 데구루루 굴렀다.

하왕은 핏물이 가득 고인 바닥을 보다가 고개를 들어 진성황을 봤다.

진성황이 묻는다.

"선택을 내렸나?"

하왕은 무뚝뚝하게 고개를 끄덕였다.

"삼군(三軍)의 병력 지휘권을 모두 그대에게 일임하겠소. 그리고 약속대로 폐지된 승상일부권(丞相一部權)을 내어 드리리다."

승상일부권. 춘추전국시대, 제나라를 반석에 올린 관중이나, 오나라를 키운 손무처럼 왕은 있으되 승상이 나라를 경영하는 형태를 말한다.

하왕은 그 자리를 진성황과 그 뒤에 있는 한유원에게 주겠노라 말하고 있었다.

"단, 과인을 황상에 앉게 해 주셔야 하겠소."

하왕의 눈이 빛을 발한다.

진성황은 무뚝뚝하게 고개를 끄덕였다.

"얼마든지."

하왕은 피식 웃고 말았다.

"한데, 과인의 신하가 된 것인데, 그 태도부터 고쳐야 하는 것 아니오?"

"그대를 황좌에 앉게 한 뒤에."

"마음대로 하시오."

진성황은 더 할 말이 없다는 듯 몸을 돌려 막사를 빠져나
갔다.

"어찌 되었습니까?"

돌아오는 진성황을 보며 한유원이 묻는다.

"어디 권력을 탐하지 않는 인간도 있던가?"

한유원이 씁쓸하게 웃는다.

"너무나 부정적이시군요."

진성황은 콧방귀를 꼈다.

"내가 여태 모셨던 임금만 세 명이었고, 지금의 기왕까지 합
치면 오 대(五代)가 임금 노릇을 하는 걸 보았다. 그들은 죄다
입을 모아 치국(治國)을 논하고 태평성대를 노래하지만 정작
자신의 욕망을 벗어나진 못했지."

위선자들이 말로만 떠드는 나라가 싫었다.

그래서 진성황은 여태껏 말없이 황좌를 수호했던 것과 다
르게 직접 전면에 나섰다.

뜻이 맞는 자를 임금으로 세우고, 유례없는 절대 권력을 위
해 강호를 흑막에서 조종해 나섰다.

하지만,

"그걸 뒤집어 보려 했지만, 이 역시 벗어날 수 없는 사슬과
도 같았던 바."

진성황의 눈빛은 흉흉했다.

"어디 하왕이라고 다를까? 지금은 욕망에 눈이 멀어 승상
일부권을 우리에게 준다 하였지만, 정작 황좌에 오르고 나면
생각이 바뀔 것이다."

군림하되, 통치는 하지 않는다.

이런 이념을 과연 황제가 받아들일 수 있을까?

진성황은 절대 그러지 못할 것이라고 보았다.

한유원은 가만히 진성황을 보면서 대답했다.

"그러니 더더욱 지금의 하왕을 앉혀야 합니다."

"어째서?"

"황족은…… 아주 많으니까요."

"꼭두각시로 만들면 그만이다, 이런 건가?"

"그렇게 노골적으로 말하지는 않았습니다. 황위는 앉는 것
만으로도 영광이 드러나는 자리. 그것에 족할 줄 아는 위인만
찾으면 되는 것입니다."

하왕이 약속을 지키지 않는다면, 이쪽에서도 굳이 약속을
지킬 필요는 없지 않은가.

한유원은 그렇게 말하고 있었다.

"그래도 다행히 하왕은 월왕, 오왕과 달리 신의를 아는 자입니다. 나중에 생각이 바뀔지언정 당장에는 믿고 맡길 수 있습니다."

"그건 동감일세."

진성황은 대검을 꽉 쥐었다.

저 멀리 시선을 던진다.

능선 위.

오랫동안 집무회를 상대로 계속 접전을 벌여 왔던 곳이 보인다. 삼왕의 군대가 더해져도 꿋꿋하게 버텨 내던 곳.

사자군의 군영이다.

"일단은 저곳부터 어떻게 해야겠지."

*   *   *

"온다."

조철산은 잔뜩 긴장한 얼굴로 창대를 쥐었다.

저 능선 아래, 불리하기 짝이 없는 장소에 군영을 치고도 당당함을 잃지 않던 적진이 드디어 움직이기 시작했다.

집무회를 부수겠다는 일념 하나로 내려온 이때.

뜻하지 않게 진성황과 백혈위가 나타나고, 거기다 한 차례 패퇴한 삼왕의 군대까지 더해지면서 이제는 수비에 골몰해야 하는 입장이 되었다.

"모두 전열을 정비하고, 적습에 대비하라!"

아래를 주시하던 석대룡이 명령을 내리자, 군영이 일사불란하게 움직이기 시작한다.

무성 등이 합류를 하기 전에 자신들을 어떻게든 처치하고자 하리란 것은 짐작할 수 있는 바.

아마도 이번 공격은 총공세에 가까울 가능성이 컸다.

"련주께서 다급히 이곳으로 오시고 있다는 전갈을 받았다! 황실에서도 황군이 출병식을 끝내고 출발했다고 하니, 버텨라! 버티면 우리의 승리다!"

와아아아!

석대룡은 풍부한 전투 경험만큼이나 병사들 다루는 법을 잘 알았다.

어마어마한 적군 앞에서도 무사들은 절대 기가 죽지 않았다.

도리어 올 테면 와 보라는 듯이 굳건한 자세로 선다.

이것이야말로 무신련이 가지는 저력이다.

한 번 쓰러졌어도 꿋꿋하게 일어나고, 절대적인 련주가 있어 패배를 한다는 생각 따윈 절대 하지 않는다.

그렇게 병력의 도열이 완성되는 때.

드디어 전투가 시작되었다.

능선을 따라 일련의 무사 집단이 달려오기 시작한다.

집무회. 만독부의 수하들이었으나 이제는 독립을 꿈꾸는 자들이다.

채채채챙!

저마다 검을 하나둘씩 뽑으면서 다리를 쉴 새 없이 노린다. 놈들의 얼굴에는 강한 비장함이 맴돌았다.

하지만 그것은 사자군도 다르지 않았다.

"청천기군은 앞으로 나서라!"

석대룡은 구(舊) 청천기군의 무사들을 결사대로 소집해 전면 방어에 나섰다.

그들은 맞서 싸우기 위해 내려가지 않았다.

크게 열을 벗어나지 않은 채, 오로지 수비에만 나선다.

까가가가강!

집무회와 청천기군이 충돌했다.

악착같이 뚫으려는 집무회와 그걸 저지하는 청천기군.

둘의 접전은 서로 한 치도 밀리는 양상을 보이지 않는다.

련 내에서도 손꼽히는 고수들인 청천기군이라고는 하나, 집무회가 그에 비해 떨어지더라도 더 많은 머릿수와 악바리로 차이를 메우고 있었다.

더군다나 집무회의 뒤를 따라 곧장 적의 군영이 바로 올라오면서 뒤를 받친다.

쿵!

어마어마한 물량 공세에 청천기군이 흔들린다.

"희생이 있더라도 뚫어 버릴 셈인가?"

석대룡은 누구보다 전면에 나서서 적들의 목을 베면서도 끝이 없는 인의 물결을 보고 이를 악물었다.

어디에도 전략 따윈 보이지 않는 공세.

하지만 그렇기에 더욱 상대하기가 까다롭다.

적은 자신들의 유리한 이점을 여지없이 잘 살리고 있었다.

이미 성루처럼 쌓았던 목책이 무너지고, 청천기군이 쌓은 방어 진영도 조금씩 밀려났다.

더군다나 진성황이 나타났는지 머리 위로 황룡이 날아다니는 것까지 보인다.

쿠쿠쿠쿠쿠!

저런 존재가 나타났으니 더 어려워지겠다는 생각에 조철산이 다급하게 소리를 질렀다.

"이군과 삼군은 일군의 뒤를 받쳐라! 절대 방벽이 뚫려서는 안 된다! 별동대는 즉시 움직여라!"

일군인 청천기군 사이사이로 더 많은 무사들이 투입되면서 더 견고한 방벽을 쌓는다. 그사이 청천기군은 살짝 뒤로 빠져서 거친 숨을 달랬다.

조철산은 쌍창을 꽉 쥐며 어디론가로 시선을 던졌다.

'너에게 승패가 걸렸다. 그러니 서둘러다오, 비영!'

한편.

천리비영을 비롯한 별동대는 군영의 뒤편으로 몰래 빠져나와 아주 크게 우회를 해 목표로 향했다.

이미 무신 백율의 아이를 낳아 육아에 여념이 없던 그녀는 다시 전선에 복귀해 활약을 보이던 중이었다.

스스슥!

별동대의 숫자는 그리 많지 않았다.

하지만 수장인 천리비영만큼 날랜 민첩성과 기동력을 자랑하고 있었다.

'최대한 빨리 수괴의 목을 따야 해. 그렇지 않다면 이쪽이 계속 불리해진다.'

별동대가 받은 명령은 수뇌부의 암살.

물론 진성황을 비롯한 백혈위를 모두 잡기는 힘들 것이나, 그래도 지휘 체계를 어느 정도 망가뜨릴 수 있을 테고, 그러고 나면 싸움이 한결 수월해질 것이다.

무엇보다 한 사람이 가장 걸린다.

학적 한유원.

여태 자신들을 괴롭히기만 하던 적진의 모사.

듣기로는 무성의 스승이기도 하다던가.

'하지만 우리가 벤다. 련주를 위해서라도.'

무성은 적에게 용서가 없는 듯 보였지만 한편으로는 마음이 너무나 여리다. 한번 정을 준 상대에게서 정을 쉽게 거두질 못한다.

그렇다면 아랫사람이 알아서 처치해야 하지 않겠는가.

한유원은 앞으로도 두고두고 무성의 발목을 잡을 사람이다.

그렇다면 훗날에 자신이 징계를 받게 되더라도 가장 먼저 제거할 필요가 있었다.

다행히 군영을 나오기 전에 진성황이 전선에 나선 것을 확인했으니 임무는 한결 수월해졌다.

더군다나 적진에 침투시킨 세작이 한유원의 숨은 위치까지 알려줬다.

위치는 적진의 군영.

어찌보면 허술하면서도 대비하기가 좋은 장소다.

『적진 군영이 보입니다.』

선두에 있던 무사의 보고에 천리비영은 별동대 전체에 명령을 내렸다.

『모두 준비하라. 이대로 진입한다.』

『존명.』

타닥!

일백에 달하는 별동대는 그대로 군영에 들어섰다.

하지만,

『아무것도 없습니다!』

『방어책이 아무것도 마련되어 있지 않습니다!』

'뭐?'

천리비영의 눈이 커진다.

한유원이 크게 이동하지 못한다는 것쯤은 알고 있다. 그러니 상당수의 병력이 남아 그를 보호하고 있으리라 여겼는데, 아무도 없다고? 그럼 한 명도 남김없이 전선에 투입되었단 뜻일까? 예비대도 남기지 않고? 전부?

뭔가 불길한 생각이 들어 퇴각 명령을 내려야 하나 싶었지만, 또 다른 보고가 날아왔다.

『이쪽에 사람을 발견했습니다! 한유원입니다!』

아무도 없는 곳에 한유원이 홀로 있다는 것은 그만큼 믿는 구석이 있다는 뜻이다.

그 순간, 천리비영은 떠올렸다.

한유원의 특기.

혼자만이 남은 군영.

흐트러진 가구들.

그것이 뭘 의미할까?

『성아의 친구분들이시구려. 이 사람을 보기 위해서 먼 길을 오느라 수고가 많으셨소. 그러니 잠시만 이곳에서 쉬다 가셨으면 하오이다. 모두 끝나고 나면 다시 풀어 드릴 테니 걱정 마시오.』

한유원의 목소리가 하늘 가득히 울린다.

별동대의 걸음이 우뚝 멈췄다. 그들의 안색이 모두 하얗게 질렸다.

대체 우리가 이곳에 오는 걸 어떻게 안 거지?

그제야 그에 대한 또 다른 보고가 떠올랐다.

한유원의 궤계는 하늘에 닿아, 다른 사람들이 봤을 때는 마치 예언처럼 느껴진다고.

『모두 전력을 다해 벗어나라! 이곳은 함정……!』

하지만 천리비영의 말이 끝나기도 전에,

우우우우—웅!

갑자기 저쪽에서부터 무언가가 파문이 잔뜩 그려지더니 하늘과 땅의 위치가 바뀌기 시작했다.

한유원의 특기, 기환진이 발동되면서 별동대를 모두 잡아먹었다.

*   *   *

"별동대가 돌아오고 있습니다! 목표를 잡았다 합니다."

"그런가? 흠……! 알았네. 모두 고생이 많을 테니 편히 쉬도록 해 주게."

"존명!"

조철산은 수하의 보고를 받고 침음성을 흘렸다.

일단 필요에 의해, 미래를 위해, 무성을 위해 내린 명령이기는 하지만, 무성에게 소중한 사람을 해했다는 사실이 못내 미안하기만 하다.

하지만 어쩌겠는가.

그것이 전쟁이거늘.

실제로 맹렬했던 적의 공세도 서서히 사그라지고 있었다. 이미 몇몇 구역에서는 이쪽의 반격으로 집무회가 크게 무너지는 상황이었다.

그런데 반격을 꾀하면서 너무 먼 곳까지 가 버린 걸까.

방벽을 유지를 해야 하는데 일부 열이 흐트러지면서 완만한 곡선을 그려야 할 진영이 우둘투둘하게 세워진 가시의 형태가 되어 있었다.

자칫 그 안쪽으로 다른 병력이 침투를 할 수도 있는 상황이라 조철산이 다급하게 명을 내리려는데,

"뭔가 이상해."

조철산이 꺼림칙하게 전투를 지켜보았다. 어쩐지 평소와는

다른 점이 눈에 밟혔다.

제아무리 모사를 제거했다고는 하나, 반격이 너무 쉽다. 악착같던 일차 공세에 비해서 그 뒤를 받치는 자들이 너무 약하다.

이쪽의 공격에 너무 속수무책으로 당한다.

마치 무공을 모르는 사람처럼.

'모르는 사람?'

순간, 조철산의 눈이 커진다.

이게 만약 전부 함정이라면?

이들은 전부 머릿수를 채우기 위한 가짜고, 실제 병력이 다른 곳으로 빠진 것이라면?

문득 군영 안쪽으로 별동대가 돌아왔다던 수하의 보고가 맘에 걸렸다.

거기에 대해 말을 하려는 찰나,

와아아아!

갑자기 뒤쪽 아군의 군영 내에서 거친 불길이 일어나면서 검은 매연을 헤집으며 삼군과 집무회의 병력들이 나타나기 시작했다.

'당했구나!'

조철산의 얼굴에 핏기가 가셨다.

집무회가 이곳에 나타났다는 것은 천리비영과 별동대가 실패를 했다는 뜻이 아닌가!

무사들은 갑자기 후방에서 적들이 나타날 줄은 꿈에도 예상하지 못한 듯 저마다 충격을 받은 얼굴이었다.

그러면서도 당황하지 않고 적극 방어에 나선다.

하지만 앞뒤로 적을 동시에 상대해야 하는 판국에 쉬울 리가 만무하다.

까가가가강!

양면 포위로 사자군은 결국 궁지까지 내몰렸다.

"지금이라도 순순히 무기를 버리고 투항하라! 그럼 포로로서 목숨만은 살려 줄 것이다—!"

하늘에서 진성황의 사자후가 쩌렁쩌렁하게 울린다.

물론 여기에 흔들릴 사자군은 아니다.

하지만 조철산은 위기를 느꼈다.

이대로는 정말 위험하다.

전멸을 면치 못한다.

이미 적의 압박은 계속 되어서 조철산이 있는 곳까지 밀려들어왔다.

목을 치려는 칼을 손날로 잡아 옆으로 밀치고 단창을 찔러넣어 사살을 하면서도 두 눈은 쉴 새 없이 전장을 뒤져 본다.

활로를 찾는다.

나갈 길은? 정말 없나? 이대로 갇혀야만 하나?

그런 순간, 갑자기 머리맡이 그림자에 가려진다.

조철산은 본능적으로 몸을 틀면서 쌍창을 교차시켜 앞으로 내밀었다.

까아아아앙!

"큭!"

두 창이 금방이라도 부러질 듯이 크게 구부러진다.

조철산도 어마어마한 반탄력을 버티지 못하고 손목이 떨어져 나갈 것 같은 통증에 이를 악물었다. 몸이 뒤로 주르륵 밀려난다.

"제법이로군."

원래 조철산이 있던 자리에는 진성황이 냉소를 흘리며 서 있었다.

대검에는 피가 뚝뚝 흘러내린다.

이곳까지 달려오면서 거치적거렸던 자들을 모두 베어 버린 것이리라.

저것이 모두 수하들의 생명이고 피라 생각하니, 조철산은 머릿속이 부글부글 끓었다.

"머리를 잡고 나면 처치하기가 더 쉬워지겠지. 아, 투항할 생각이라면 언제든지 말만 하게. 나는 절대 포로를 함부로 대하지 않으니."

"……"

조철산은 말없이 두 개의 창을 조립했다.

끼리릭, 철컥!

장창의 끝을 땅 쪽으로 살짝 내리면서 가슴팍을 꼿꼿하게 세운다. 눈빛이 달라지면서 투기가 물씬 풍긴다.

진성황은 조철산이 생각하는 바를 깨달았다.

싸우자.

"그래. 무사들 사이에 긴말이 뭐가 필요 있을까."

진성황은 피식 웃더니 양손으로 검병을 세게 움켜쥐었다. 금색 기운이 실타래처럼 풀려나온다.

검신을 따라 황룡의 무늬가 언뜻 맺혔다 사라진다.

그리고,

쾅!

진성황이 먼저 몸을 날리려는 찰나, 갑자기 등 쪽에서 싸한 느낌이 들었다.

진성황은 본능적으로 대검에 맺힌 황룡무상강을 측면으로 틀었다.

크아아아아앙!

황룡의 거친 포효와 함께 땅거죽이 뒤집어지면서 먼지구름이 자욱하게 일어나고, 그사이로 크고 작은 불빛이 번쩍이면서 커다란 폭발이 일어났다.

콰콰콰콰콰!

더 크게 일어난 모래 기둥이 진성황을 덮어 버린다.

조철산은 바로 그 틈을 노렸다.

팟!

한 줄기 궤적이 되어 앞으로 쏘아지더니 장창을 앞으로 쭉 내민다.

모래 기둥 사이로 둥근 원이 그려진다 싶더니 장창이 그 속으로 쏙 하고 박혀 들어간다. 퍽 하는 소리와 함께 피로 물든 진성황의 왼쪽 어깨가 드러난다.

그리고 우측에는 어느새 나타난 석대룡이 직배도로 진성황의 대검을 직접 맞닥뜨리고 있었다.

조철산과 석대룡. 이미 두 사람 사이에는 진성황 모르게 무언의 대화가 오고 가 그를 잡기 위한 합공 계책이 완성되어 있었다.

전음을 주고받았다면 진성황이 눈치를 챘을 것이나, 눈빛만 교환했기에 속일 수 있었다.

오랫동안 같이 등을 맡긴 동료이기에 가능한 일이다.

비록 진성황의 목을 노렸던 일격은 왼쪽 어깨로 만족해야 했지만, 그것만으로도 대단한 일이었다.

"사실 당신을 언제고 만나고 싶었소. 고황, 그 고루하던 녀석이 끝까지 충성을 바친 인간이 누군지 궁금했거든."

석대룡이 차갑게 웃으면서 대검을 쥔 손길에 힘을 바짝 실었다.

"궁금할 것 없다."

진성황은 아주 간단하게 대답했다.

"너희들이 죽을 자리를 알면서도 무성에게 충성을 바치는 것과 이유가 같으니."

왼쪽 어깨가 뚫려도 그는 눈썹 한 올 꿈틀거리지 않는다.

그야말로 초인적인 인내심.

고오오오!

말이 끝나기 무섭게 황금빛 기류가 폭풍처럼 휘몰아치면서 석대룡과 조철산을 밀어내려 한다.

두 사람이 새로운 동작을 취하려는 찰나, 진성황이 갑자기 들고 있던 대검을 손에서 놓았다. 졸지에 석대룡이 균형을 잃고 휘청거린다.

그사이 진성황은 우악스러운 손길을 왼쪽 어깨로 가져가 조철산의 장창을 붙잡았다.

조철산이 흠칫 놀라 뒤로 빠지려 한다.

하지만 창이 빠지질 않는다.

그때 진성황이 비웃음을 던졌다.

"강호 무부들의 멍청한 점이 바로 이것이지. 무기란 한낱 도구에 지나지 않을진대, 그것이 마치 제 영혼인 마냥 굴다가 진짜 중요한 제 목숨을 잃어버려."

진성황이 악력에 힘을 싣는다.

콰직!

장창이 부서지면서 파편이 사방으로 튄다.

그사이로 진성황이 달려들면서 손길을 뻗어 조철산의 가슴팍을 후려친다.

닿으면 죽는다!

조철산의 머릿속은 오로지 그 생각으로 가득했다.

진성황이 얼마나 강한지 잘 알기 때문에 단 한 번이라도 공격에 노출이 되어서는 안 된다.

하지만,

지잉!

"컥!"

갑자기 심장팍이 저려 온다. 단전이 아릿해진다. 사지가 마비된 것처럼 근육이 뻣뻣하게 굳어진다.

그 순간, 깨달았다.

장창이 부서진 방금 전. 황룡의 강기가 내가중수법의 묘리에 의해 체내로 침투되었단 사실을.

결국 그 때문에 아주 잠깐이지만 몸을 움직일 수가 없었고, 그 '잠깐'이 승패를 결정짓고 말았다.

퍽!

진성황의 손바닥이 그대로 심장팍을 후려친다.

몸이 그대로 부서질 것 같은 고통과 함께 조철산은 칠공으로 피를 뿌리면서 크게 튕겨 나고 말았다.

그야말로 눈 깜짝할 새에 벌어진 일.

"철사아아아아안!"

석대룡은 당장 친구가 죽을지도 모른다는 사실에 크게 분노를 하면서 직배도를 마구잡이로 휘둘렀다.

스스슥!

도기와 도강이 휘몰아치면서 사방으로 커다란 그물망이 만들어진다.

하지만 진성황은 발을 두어 번 밟는 것으로 복잡하게 얽히고설킨 직배도의 투로를 모두 가볍게 피해 버렸다.

동시에 앞으로 손을 뻗으니 대검이 거짓말처럼 손아귀로 빨려 들어온다.

지이이이이—잉!

대검이 길게 울음을 토하면서 다시 한 번 폭발한다.

콰아아아아앙!

황룡은 직배도를 너무나 가볍게 부수면서 석대룡의 옆구리까지 한 움큼 크게 깨물었다. 늑골이 부서지는 소리와 함께 석대룡은 피를 잔뜩 흘리며 제자리에 쓰러졌다.

무신련 내에서도 손꼽히는 홍운재 장로 두 사람이 쓰러지고 말았다.

사자군이 모두 경악에 잠긴다.

진성황은 쓰러진 두 사람을 보다가 이맛살을 찌푸리며 여전히 왼쪽 어깨에 단단히 박혀 빠지질 않는 창날을 마저 뽑았다.

"너무 억울타 하지 마라. 내게서 피를 본 사람은 성아를 제외하면 아무도 없다."

"······괴물 같으니라고."

"괴물이라. 그래. 괴물일지도 모르지."

진성황이 살짝 웃는다.

하지만 그의 미소는 어딘지 모르게 씁쓸하게 보였다.

황실을 수호하고자 일어났으나, 결국 이 자리까지 내몰린 상황에서, 지금 자신이 하고 있는 이 일은 미련이 남아 발버둥 치는 꼴밖에는 되지 않는다.

그리고 발버둥을 치면 칠수록, 스스로가 괴물이 되어 가는 것을 잘 알고 있다.

지금은 이 말을 듣고서 가슴이 찌릿하지만, 나중이 되었을 때는 무덤덤해지지 않을까.

아마 그때가 진짜 괴물이 되었을 때겠지.

진성황은 그런 생각을 하면서 대검을 높이 들었다.

"투항할 생각은?"

"패장은······ 말이 없는 법!"

석대룡은 피를 잔뜩 흘리면서 부리부리한 눈매로 진성황을 노려보았다.

"아쉽군. 그대와 같은 사람이 내게 있었다면 지금처럼 되지는 않았을 텐데."

촤아아악!

대검은 석대룡의 몸뚱이 위를 세게 훑고 지나갔다.

이지가 끊어진 석대룡의 멍한 두 시선이 허공을 가득 응시하다가 힘없이 아래로 툭 떨어진다.

진성황은 성큼성큼 조철산에게 다가갔다.

저만치 먼 곳에 떨어진 조철산은 이미 방금 전의 충격으로 심장이 거의 파훼되어 숨만 겨우 헐떡이고 있었다.

그래도 여전히 의식은 있는지 동료의 죽음을 보며 무어라 벙긋, 벙긋, 입을 웅얼댄다.

진성황은 그 말이 무슨 뜻인지 독순술로 읽어 볼까 싶은 마음이 들었으나 이내 고개를 털었다.

어차피 저런 모습은 전장에서 숱하게 많이 봤다.

보나 마나 저주와 다름없을 테지.

여태 들었던 저주들이 모두 통했다면, 자신은 지금 이 자리에 서 있지도 못했을 것이다.

대검을 역수로 쥐어 조철산의 심장팍을 겨눈다.

"남길 말은?"

역시나 읽기 힘들다.

진성황은 무표정한 얼굴 그대로 대검을 내렸다.

퍽!

*   *   *

"서둘러야 한다! 사자군을 도와야 해!"

사자군이 격전을 치르고 있다는 소식은 창붕군과 현무군에도 그대로 전해졌다.

계속 재촉을 하면서 전장에 다다랐으나,

화아아아!

그들을 맞은 것은 잿더미가 되어 버린 군영과 널브러진 시신, 그리고 난장판이 된 격전의 흔적들이었다.

"……."

"……."

모두가 충격에 젖어 아무 말도 하지 못하고 있을 때, 무성이 천천히 앞으로 나왔다.

그는 전장을 둘러보다가, 간독에게 말했다.

"간독."

"어."

간독도 지금만큼은 장난을 치지 않았다.

"힘들겠지만, 적진에 사신으로 가 줘. 여전히 많은 무사들이 포로로 잡혔을 거야. 저들이 원하는 걸 들어 보고, 가능하다 싶으면 전부 들어줘."

"너는 어쩌려고?"

무성은 이를 악물었다.

슬픔이란 기름이 더해지며 신화가 두 눈가에서 더 크게 타오른다.

"위령제를 지내야지. 나 때문에 죽은 이들을 위한……."

第九章

강남 풍운

간독이 돌아왔을 때, 그는 빈손이었다.

"못 준단다."

"인질인가?"

"그런 것 같아."

무성은 가만히 눈살을 좁혔다.

하지만 답답하기는 간독도 마찬가지였다. 아니, 그는 미쳐 버릴 지경이었다.

'대체 일이 어떻게 돌아가려고!'

처음 사신의 자격으로 놈들의 군영을 찾았을 때.

간독은 거기서 한유원을 만났다.

처음 한유원이 살아 있다는 말을 들었을 당시에 무성이 겪고 있는 혼란 때문에 내색하지는 않았지만 그는 무척 화가 났었다.

살아 있으면서도 여태 얼굴을 비치지 않은 것이 너무나 미워서. 결국 자신들을 해하기 위해서 숨어 있었다는 생각이 들어서.

무성을…… 흔들지도 모른다는 걱정 때문에.

그래서 생각했다.

자신의 손으로 베어 주자.

그것만이 무성에게도 한유원에게도, 그리고 자신에게도 좋은 일이라 여겼다.

가능하다면 한유원을 인질로 삼아 포로들을 풀고 함께 자결할 생각까지도 했다.

하지만 막상 마주한 순간, 화가 조금 풀렸다.

왜 그런지는 모른다.

어쩌면 옛날의 추억이 떠올라서 그런지도 모른다.

나이는 비슷하지만 성향은 달랐던 둘. 그렇기에 언제나 충돌했지만 마지막에는 교분을 트고 친구가 되었던 그들이었기에.

그러나 마음이 풀렸다고 해서 다짐까지 사라진 것은 아니었다.

아니, 더더욱 마음을 단단히 할 기회를 얻었다.

두 사람의 눈이 마주친 순간, 무언의 대화가 오고 갔다.

서로가 무사하다는 것을 확인했으니 이제 각자 맡은 자리에서 끝까지 달리자고.

그래서 한유원을 인질로 삼을 수 있을까 싶어 기회를 엿봤지만, 안타깝게도 도무지 빈틈을 찾지 못했다.

백혈위도 그렇거니와, 한유원을 따라 맴도는 어떤 무형의 기운을 혼명으로 읽었다. 필시 유사시에 기환진을 발동시키기 위한 장치였으리라.

한유원은 절대 포로를 내어 줄 수 없다고 못을 박았다.

결국 간독은 목적을 아무것도 이루지 못한 채로 돌아와야만 했다.

"포로가 누가 있는지는 확인했나?"

"아니. 정확히는 못 봤어. 천리비영은 있더라."

사자군을 지휘하던 홍운재 장로들은 모두 없다. 시신들을 전부 수습하고 장례를 치러도 장로들은 아무도 발견하지 못했으니 일말의 희망은 가질 수 있었다.

포로 중에 장로들이 있을 거라고 기대했는데, 그중 다행히 천리비영은 있나 보다.

그럼 다른 두 사람은 어디에 있는 걸까?

"조 장로님과 석 장로님은?"

"못 봤어. 하지만 부상자들도 있다고 하나……."

"거기 있을지도 모르지. 그럼 위치는 어때?"

"몰래 구하러 갈 생각은 죽어도 하지 마라. 녀석들도 그런 걸 계산해 뒀는지 아주 중심부에다 짱 박아 뒀더라. 모르긴 몰라도 기환진을 몇 개씩 설치했을걸."

한유원이라면 충분히 가능한 일이다.

무성은 한숨을 내쉬었다.

"우리 쪽에서 데리고 있는 포로로는 교환이 안 되나?"

"마찬가지였어."

"대체 무슨 생각이시지?"

무성은 동정호에서 월왕부와 오왕부의 병사들 중 상당수를 포로로 잡았다. 그들과의 맞교환을 이야기한 것인데 거부를 당했다고?

아무리 한유원의 발언권이 높다고 해도 두 왕의 반발을 하왕과 진성황이 모두 감당하지는 못할 텐데?

하지만 무성은 금세 그 이유를 깨달을 수 있었다.

"오왕과 월왕이 실각했군."

"뭐?"

간독의 눈이 커진다.

"숙부님께서 하왕이 통수권을 모두 쥘 수 있도록 손을 쓰신 거야."

"그렇다면…… 말이 되는군."

월왕과 오왕의 군사들이 돌아왔을 때에 자신들의 수장이 실각했단 사실을 알게 되면 내분이 만만치 않을 테니.

그걸 위해서라도 차라리 쳐 내는 것이 나으리라.

하지만 이건 다른 방식으로 이야기할 수도 있다.

간독의 눈이 빛을 발한다.

"그럼 안에서부터 흔들 수 있는 여지는 얼마든지 있는 거잖아?"

"그렇겠지."

집무회, 진성황의 군대, 하왕, 오왕, 월왕…… 그 외에도 잡다한 군벌을 합쳐서 만들어진 것이 바로 지금의 한유원이 이끌고 있는 연합군이다.

제 딴에는 지휘 체계를 합치려 해도 내적 갈등은 피할 수 없다.

"어떻게 흔들지?"

무성은 뭔가를 생각하다가 즉시 발걸음을 옮겼다.

"야! 어디 가?"

간독의 부름에 무성은 아주 짧게 대답했다.

"아버지."

화도의 눈이 휘둥그레진다. 그러다 눈웃음이 핀다.

처음으로 들었다.

아버지.

짧은 단어에 불과한 데도 왜 이리 가슴이 뛰는 건지.

"정말 그런 거면 되는 거냐?"

"예."

"하지만……."

화도의 기쁨은 잠시. 그는 말끝을 흐려야만 했다.

무성이 한 부탁을 들어주고는 싶지만 그 정체가 전혀 가늠이 되질 않는다.

"그냥 서 있기만 해도 된다니?"

무성은 말없이 웃는다.

화도는 그런 아들을 가만히 쳐다보다가 고개를 절레절레 흔들었다.

"너도 그렇고, 학적도 그렇고, 정말 공부를 한 사람들의 머리는 내가 어떻게 따라갈 수가 없는 것 같다."

화도는 일어나면서 자신의 검을 챙겼다.

"그럼 위치를 말해 다오."

*　　　*　　　*

저벅. 저벅.

화도는 홀로 군영 앞에 섰다.

보초를 서고 있던 군사들은 무슨 짓을 하려는 거지, 라는 얼굴로 가만히 쳐다봤다. 그를 알아본 백혈위들은 잔뜩 긴장하며 수하들을 불렀다.

비록 자리에서 물러났다고는 하나, 화도는 한때 황룡각의 후계자로 점쳐지던 인물.

그런 존재가 나타났으니 긴장할 수밖에 없다.

<u>스스스.</u>

화도를 따라 열풍이 분다.

마치 여름철의 뜨거운 태양빛이 작렬한 듯, 군사들의 이마에 송골송골 땀이 맺혔다.

*   *   *

"화도가 군영 입구에서 대치 중이라고?"

"예. 그렇습니다."

진성황은 수하의 보고에 눈을 가느다랗게 좁혔다.

사자군이 전멸하고 간독이 사절로 왔다 간 이때, 조만간에 전면전이 벌어지리라는 것은 알고 있지만, 그래도 화도가 전면에 나설 줄은 꿈에도 몰랐다.

"다른 매복은?"

"척후를 보내 탐사를 하려 하나, 그때마다……."

"죽었나 보군."

"예. 그렇습니다."

군영에서 나오는 이들만 골라서 죽인다고? 그렇다면 매복이 있을지도 없을지도 모른다.

"단순한 기만인가?"

하지만 그냥 기만이라 보기엔 화도가 주는 영향이 너무 크다.

만부부당(萬夫不當).

황룡의 피를 타고난 존재는 능히 그렇게 말할 수 있으니, 웬만한 일군을 내보내는 것이 아니라면 상대하는 것이 어렵다.

"계속 상황을 지켜봐라."

"존명."

화도는 마치 뭔가를 기다리는 사람처럼 하루 종일 제자리에서 일절 움직이지 않았다.

그저 달라진 것이라고는 그를 탐문하기 위해 주변까지 왔다가 말없이 베인 시신이 늘어났다는 것뿐.

그러다 날이 저물었을 때, 화도는 아예 자리를 잡고 앉았다.

품에서 육포를 꺼내 질겅질겅 씹어 댄다.

그런데도 눈은 여전히 군영에서 떨어지질 않았다.

결국 밤이 지나 해가 떴을 때도 화도는 가만히 있기만 했다.

화도의 소식은 군영 내에 퍼졌다.

"웬 이상한 사람이 자리를 잡고 있다며?"

"나도 들었어. 그거 얼른 안 치우나?"

"모르는 소리 말아. 아무래도 나가는 족족 목이 잘려 나가는 모양이니까."

"고수로구만. 대체 저 무뢰배 놈들은 뭘 꾸미는 거야?"

"그나저나 계속 저렇게 둬서는 안 될 텐데?"

"척후도, 탐방도 안 되는 판국에 적습이 있으면 어쩌려고 그러지?"

"그러니 내 말하지 않았나! 무신련이 돌아온다고 했을 때부터 이딴 건 그만둬야 한다고! 저놈들은 그냥 괴물이야, 괴물!"

"역시 다른 길을 찾아봐야 하나?"

집무회 사이에는 회의론이 고개를 들기 시작했고,

"그보다 그 소식 들었나? 황도에서 백만 대군이 소집되어 장강을 건넜다고 하더군."

"배, 백만? 그, 그, 그게 가능한가?"

"물론 어느 정도는 과장이 섞였겠지만, 강북의 물자를 총동원했다 하니…… 족히 몇 십만은 될 테지."

"그, 그, 그럼 피해야 하지 않겠나!"

보통 군사들은 동요하기 시작했다.

"정말 화도께서 돌아오실 줄이야……."

"그럼 우린 어찌해야 하지?"

"어쩌긴 뭘 어째! 당연히 대영반을 따라야지!"

"하지만 원래 우리가 모시던 분은 화도 어른이 아니었나? 거기다 말이야 바른 말이지, 화도 어른과 자식께서 현 황제를 모시고 있으면, 그것이 황룡각이라고 해도……!"

"말조심하게!"

백혈위 내에서도 여러 말이 무성했다.

화도는 단순히 모습을 드러내 존재감을 발휘한 것이 다인데도 불구하고 군영 내 여파는 만만치 않다.

워낙에 화도가 주는 위압감이 대단한 데다가, 간독이 여러 수를 써서 군영 내에 첩자를 심어 넣어 선동을 일으킨 탓이다.

덕분에 군영은 움직이기도 전에 삐거덕거렸다.

*　　　*　　　*

수뇌부 측에서는 소문을 퍼뜨리는 자를 색출하는 한편, 하루라도 빨리 동요를 가라앉히기 위해 예상보다 일찍 출병 준비를 갖췄다.

화도는 기다렸다는 듯이 바로 이때쯤에 몸을 감췄다.

한 마디 말을 남기면서.

우리는 투항하는 자들까지 베지는 않는다. 언제든지 돌아오라. 우리는 언제나 열려 있으니.

쩌렁쩌렁하게 울리는 사자후에 마음이 흔들리지 않는 사람은 없었다.

하지만 곧 전쟁이 시작되었다.

북진을 시도하는 연합군과 이를 저지하는 무신련.

분명 머릿수는 연합군이 훨씬 많으나, 더 많은 고수를 데리고 있는 무신련의 반격은 만만치 않았다.

하루에도 몇 번씩이고 소규모 국지전이 일어나고, 사흘에 걸쳐서 대회전이 벌어지면서 지루한 소모전만이 계속됐다.

그럴수록 초조해지는 것은 연합군이었다.

본디 군대란 많은 자원을 잡아먹는 괴물이다. 특히 근원이 다른 연합군을 유지하기 위해서는 더 많은 물량이 들어갈 수밖에 없어서, 그렇지 않아도 피폐해진 강남의 사정상 그들을 유지하는 것만 해도 상당히 힘들었다.

그런데도 진격이 제대로 되지 못하고 있으니 초조해질 수밖에.

결국 흔들리는 병사들 사이로 화도의 압도적인 무위와 그가 남긴 한 마디가 계속 머릿속을 맴돌았다.

투항하는 자는 베지 않는다. 언제든지 열려 있다.

결국 굶주림과 피로함에 지친 이들 중에 탈영을 시도하는 자들이 하나둘씩 생겨나기 시작했다.

수뇌부는 이걸 어떻게든 막으려 했지만, 쉽지가 않았다. 다행히 한유원이 나서서 그들을 어르고 달래며 무너진 두 왕가의 재산까지 풀어 군사들의 환심을 사고자 했다.

그렇게 겨우 어느 정도 불안이 가라앉는가 싶은 그때.

종지부를 찍는 일이 벌어지고 말았다.

소문으로만 접하던, 황도에서 출발한 대군(大軍)이 드디어 모습을 드러낸 것이다.

"그동안 수고 많았어요."

주설현은 무성을 보며 가볍게 목례를 취한다.

이제 그녀는 일개 왕부의 공주가 아닌, 황제의 무남독녀인 몸. 보는 눈이 많으니 예전처럼 쉽게 무성을 대할 수가 없다.

하지만 무성을 바라보는 눈길은 여전히 따스하다.

"이제부터는 이대로……!"

"그냥 무작정 밀고 들어가면 위험합니다."

"그게 무슨 소린가요?"

주설현이 고개를 갸웃거린다.

"지금 이대로 밀어붙이게 되면 도리어 저들의 단합을 부를 수 있습니다. 그렇게 되면 대영반의 입지만 높아져 이쪽이 위험해집니다."

"숫자는 이쪽이 열 배 넘게 많아요."

주설현이 끌고 온 군사의 숫자는 모두 이십만.

소문처럼 백만 대군을 끌고 온 것은 아니지만, 이것만 해도 어마어마하게 많은 숫자다.

더군다나 이것이 선발대이고 지금 이 시간에도 후발대의 전진은 계속 이어지고 있다. 그 숫자를 모두 합치면 물경 오십만에 다다를 것이니 연합군이 살아날 수 있는 방도는 어디에도 없다.

그만큼 지금 황제의 진노는 아주 컸다.

어렵게 황위를 얻었으니 자신의 자리를 위협하는 존재는 싹 뽑으려는 속셈이다.

그런데 이를 두고 무성은 더 위험할 것이라 한다.

"저쪽의 모사에 대해서 아십니까?"

"대영반이 아끼던 자라고 들었어요."

모르는 게 분명했다.

"그 모사의 지략은 능히 열 배가 넘는 대군도 단번에 거꾸러뜨릴 수 있을 정도입니다."

"……비약이 너무 심하세요, 무신련주."

주설현은 처음으로 아미를 살짝 찡그렸다. 황군이 약졸 취급을 받는 데 어찌 기분이 나쁘지 않을까.

"곡해하지 마십시오. 그리고 제 말을 믿으십시오. 저쪽의 모사와 병법 싸움으로 들어간다면 정말 위험합니다. 더군다나 배수진을 두고 있다면 저쪽도 악착같이 버틸 것이고요."

주설현은 힐끔 저쪽에 보이는 장강을 보다가 고개를 끄덕였다.

"그럼 어떻게 하면 되나요?"

무성은 저들을 내부에서부터 흔들기 위해 시작했던 작전을 이야기했다.

황군은 먼 행군을 하고도 쉬지 않고 바로 움직였다.

주설현의 명령에 따라 크게 네 부대로 나뉘더니 일제히 연합군을 몰아간다.

연합군은 이에 장강을 뒤로하고 언덕이 서 있는 곳으로의 이동을 선택했다. 그곳에서 버텨서 승부를 걸어 보겠다는 작전이었다.

황군은 바로 고지대의 아래쪽을 둘러치면서 연합군을 에워

쌌다.

말 그대로 사면초가(四面楚歌).

어디로도 빠져나갈 수도 없고, 밖으로의 통교도 절대 불가능하다.

여기서 바로 치고 올라갈 것 같았던 황군은, 신기하게도 갑자기 군영을 설치하기 시작했다.

곧 있을 전투에 바짝 긴장했던 연합군으로서는 황당할 수밖에 없는 사태.

이에 욕설을 날리거나 소수 부대를 보내 공략을 하는 등 도발을 해 봤지만, 이미 제자리에서 꿈쩍도 말라는 엄명이 내려진 황군은 일체 반응을 하지 않았다.

결국 싸움 한 번 일어나지 않은 채, 연합군은 조금씩 흔들리고 말았다.

*   *   *

"우릴 말려 죽일 셈이로군."

진성황은 눈살을 좁혔다.

"용의주도한 것이지요."

한유원은 쓸쓸하게 웃었다.

화도가 나타나 무력시위를 하고 군영 내에 백만 대군이 오리라는 괴소문이 퍼졌을 당시. 연합군은 이탈자가 조금씩 생기며 정말 위기에 봉착했었다.

이에 진성황은 곧장 탈영병들을 잡아 효수를 하고, 한유원은 고의로 무신련과 무의미한 소모전을 계속하면서 병사들이 다른 생각을 품지 못하도록 만들었다.

그 과정에서 간간이 승리를 하고 왕부의 재산을 풀어 병사들의 환심을 사면서, 다른 한편으로는 두 왕부의 지휘관들을 물갈이하는 데 성공했다.

그제야 연합군은 단순한 연합군이 아닌, 단일적인 지휘 체계 아래에서 제 기능을 수행할 수 있게 되었다.

덕분에 이전에는 한유원이 작전을 내놓아도 서로의 이권에 따라 제대로 수행되지 않던 것이, 이제는 제대로 된 지휘가 가능케 되었다.

그래서 이제부터 본격적으로 반격에 들어가려 했건만.

도리어 싸움을 받아 주지 않았다.

머릿수가 훨씬 많은 점을 들어 방심하면, 그 틈을 노리려 했건만, 오히려 저쪽이 싸움을 피하려 한다.

대신에 궁지로 몰아 바깥과의 접촉에 있어 일체 차단을 시도한다.

이렇게 되면 척후를 보내 바깥 사정을 알기가 힘들 뿐더러, 식량을 비롯한 물량을 보급하기가 어려워진다.

그렇다고 강제로 뚫으려니 친 방벽이 매우 두텁다.

아마도 방벽 뒤에는 또 다른 함정이 있을 테지.

"성아가…… 참 무섭게 컸습니다."

한유원은 고개를 절레절레 흔들었다.

이대로는 겨우 봉합한 내부 분열만 가속화된다.

당장은 큰 무리가 없을 것이나, 곧 반발이 일어날 것이고, 이탈자가 생길 것이며, 자연스레 군영은 붕괴를 맞게 되겠지.

억지로 뚫으려 해도 특별나게 다른 수를 쓰지 않는 이상에야 결국 궤멸을 면치 못한다.

결국, 연합군은 끝났다.

"이제 어찌할 텐가?"

진성황도 자신의 최후를 직감한 듯이 가만히 팔짱을 끼며 눈을 감았다.

"딱 한 가지 방책이 있긴 합니다만, 들어 보시겠습니까?"

"뭔가?"

"이렇게 강남에서 겨우 잡은 기반을 통째로 날리는 것이고, 자칫 대영반의 목이 잘릴 수도 있습니다. 제 목도 당연한 것이지만요."

"괜찮다. 여기서 뭔들 못 할까."

한유원은 아주 간단하다는 듯이 말했다.

"전쟁이란, 장기와 똑같습니다. 장기에서 제아무리 불리한 형국에 놓이더라도 단번에 승부를 뒤집을 수 있는 딱 한 가지 방책이 있지 않습니까?"

진성황은 갑자기 웬 장기 이야기가 나오나 싶어 고개를 갸웃거렸다가 이내 눈을 동그랗게 떴다.

"장(將)을 잡는다?"

*　　*　　*

포위 닷새째.

연합군은 병력을 일으키기도 하고 시위도 하면서 밖으로의 돌파구를 마련했으나, 그때마다 황군에 의해 번번이 막혔다.

그렇게 계속 시간이 지났다.

포위 열흘째.

더 이상 버티질 못하겠는지, 연합군이 일체 진영을 갖추며 내려와 돌파를 시도했다. 하지만 황군에 가로막혀 뚫지 못하고 애꿎은 피해만 양산하고 물러섰다.

포위 보름째.

슬슬 군영 내에 이탈자들이 보이기 시작한다.

포위 이십여 일째.

후발대로 출발한 황군이 속속 도착했다. 이십만의 병력은 다시 배로 늘어나 사십만이 훌쩍 넘었다. 다른 병력들도 곧 도착할 예정이라 하니 언덕의 점령은 손바닥 뒤집듯이 쉬워 보였다.

이들은 모두 단순히 토벌대가 아니라 강남을 휘젓고 다니며 여러 군벌들을 격파할 임무를 띠고 있는 바. 한마디로 황제의 위엄을 만천하에 드러내기 위한 수단이었다.

총사령관에는 병부상서의 직을 수여받은 무성이 앉게 되었다.

본래 진성황이 틀어쥐고 있던 병권이 무성의 손에 오롯이 떨어진 것이다.

강호에 이어 조정까지, 모든 분야에 있어 일인지하 만인지상(一人之下萬人之上)의 자리에 오른 것이지만, 이상하게도 무성은 밖으로 모습을 비추지 않았다.

반면에 연합군의 동요는 더욱 커졌다.

포위 한 달째.

드디어 기다리던 내분이 발생한 듯, 고지대에서 시끄러운 소리가 울려 퍼진다.

황군 내에서는 드디어 진격을 시작해 적을 섬멸하자고 하였지만, 주설현은 그래도 꿈쩍하지 않았다.

포위 한 달 하고도 사흘째.

연합군 측에서 누군가가 나와 면담을 신청했다.

주체는 하왕.

명분상 연합군의 수장을 맡고 있는 자였다.

결국 연합군과 황군이 대치하고 있는 중앙에 탁상이 하나 놓이고, 각 진영에서는 만약의 사태에 대비해 호위 무사로 각각 열 명씩 대동한 상태였다.

주설현은 황군의 대표로, 무신련에서는 간독과 유화가 대표로 나섰다.

하왕은 초췌하면서도 어딘지 모르게 날카로운 분위기였다.

지난 한 달이 넘는 시간 동안 벌어진 포위와 계속되는 내분 진압으로 인해 신경이 많이 날카로워진 것이리라.

더군다나 여기서 패배를 하게 되면 다시는 왕부를 세울 수 없다는 생각에 사로잡혀 쉽사리 투항을 하지도 못하는 상태에서 버텨야 했다.

하지만 더 이상 버티는 것은 무리였다.

이미 식량은 바닥을 보인 지 오래고, 내분은 극에 달해 더 이상 힘으로 억누르는 것도 불가능하다.

"투항하겠다."

"……."

하왕은 자신의 자존심을 모두 던지고 내뱉은 말이었지만, 주설현은 아무런 대답도 없었다.

왜 이러나 싶어서 가만히 주설현을 응시했다.

간독이 대신 대답했다.

"공주마마시다. 예를 갖춰라."

"……그렇군."

하왕은 그제야 깨달았다.

자신은 한낱 반역자. 황궁에서는 이미 왕직을 박탈당한 신분이다. 그런 입장에서 지엄하신 황제의 따님에게 반말을 놓고 말았으니.

상대는 더 이상 어린 시절에 자신을 쫄래쫄래 잘 따라다니던 귀여운 동생이 아니었다.

하왕은 말투를 바꿨다.

"투항하겠사옵니다."

이번에도 주설현은 대답이 없었다.

하지만 이번엔 그 침묵이 조건을 이야기하라는 것임을 하왕은 알고 있었다.

"왕직을 보존해 주시옵소서."

"왕직을?"

처음으로 주설현이 입을 뗀다.

"오왕부와 월왕부는 내어 드리겠나이다. 하지만 하왕부의 영지는 그대로 보존케 해 주십시오."

"그대는 반란을 일으켰다."

"오왕과 월왕이 선왕 전하를 부추겨 일어난 일이옵니다. 해서 이렇게……."

하왕이 턱짓을 하자, 뒤에 시립해 있던 무사가 함을 탁상에 공손히 내민다. 뚜껑을 열자, 소금에 절인 두 왕의 머리가 나타난다.

이미 썩어 가기 시작한 머리를 보면서 주설현은 눈살을 찌푸리고, 하왕은 싱긋 웃는다.

"역도들을 처벌하였나이다."

두 왕을 내어 줄 테니 용서해 달란 의미다.

하지만 주설현은 요지부동이었다.

"역모는 협상이 불가하다."

"하면 마마의 은총을 기다리는 저 불쌍한 치들은 어쩌나이까?"

하왕이 턱짓으로 자신의 군영 쪽을 가리킨다.

그러자 일련의 무사들이 모습을 드러냈다. 수많은 포로들의 목젖에 검을 갖다 댄 채.

그들의 면면을 확인한 간독의 눈이 흔들린다.

자신이 사절로 갔을 때 봤던 천리비영을 비롯한 포로들이다. 개중에는 조철산과 석대룡도 있었다. 하지만 장로들은 큰 부상을 입고 제대로 치료를 받지 못했는지 금방이라도 숨이 꺼질 것처럼 위태로워 보였다.

주설현과도 면식이 많은 이들이다.

하지만,

"마음대로 하라."

"음?"

"마음대로 하라고 하지 않느냐."

하왕은 뜻대로 풀리지 않자 눈살을 좁혔다.

그저 주설현이 오기를 부리는 것인가 싶어 가만히 응시하는데, 주설현은 꿈쩍도 않았다.

하왕은 그제야 깨달았다.

이 여자, 진심이구나.

군주는 무치(無恥)라더니, 정말 그 말을 따를 셈인가? 저들을 베게 놔두면 무신련에서 반발이 거셀 텐데?

그런데 이상하게도 간독 역시 아무런 반응이 없다. 마치 당연하다는 듯이.

주설현의 입가에 비릿한 미소가 흘렀다.

"뭘 하느냐? 어서 하래도."

하왕은 처음으로 주설현이 내보이는 기백에 짓눌리는 자신을 발견했다.

이에 오기로라도 포로들을 베라고 하려는 순간,

"물론 그게 가능할 때나 그렇겠지만."

그 순간,

와아아아아!

갑자기 연합군 군영 내에서 소란이 벌어진다.

하왕이 벌떡 일어나 상황을 확인했다. 오왕부와 월왕부에서 반란을 일으켰나 싶어서였다.

하지만 아니었다.

"집무회! 이 작자들이⋯⋯!"

두 왕부와 다르게 여태껏 잠잠하게 있어서 별 관심도 두지 않았던 무뢰배들이 반란을 일으킨 것이다. 그들은 단숨에 군영을 덮치면서 고래고래 소리를 질러 댔다.

"우리는 반란군이 아니다!"

"하왕을 몰아내자! 하왕만 몰아내면 우리는 살 수 있다!"

그들은 아예 조직적으로 움직이면서 포로들이 있는 곳까지 덮쳤다. 하왕의 군사들은 얼결에 휩쓸려 목이 달아났고, 포로들은 그 틈을 타서 아래쪽으로 도망치기 시작했다. 비교적 몸이 괜찮은 사람들이 상태가 나쁜 사람들을 들쳐 업으면서 아래로 달려온다.

상황이 이렇게 되자, 아래쪽에서 사태를 관망하던 무신련도 일제히 능선을 따라 몸을 날리기 시작했다. 눈 먼 칼에 혹시 동료들이 당할까 싶어 보호하려 했다.

무신련이 나서니 황군도 뒤따라 능선을 오르고, 압박이 시작되니 내분도 덩달아 커진다. 오왕부와 월왕부는 탈출할 수 있는 기회다 싶었는지 혼란을 틈타 탈영을 시도했다.

그야말로 아수라장이 되어 버린다.

호위 무사들은 각자의 주군을 보호하기 위해서 재빨리 움직였다. 유화가 수하들을 부려 주설현을 보호한다.

반대로 간독은 앞으로 나섰다.

팟!

"어떻게…… 어떻게 이런 일이……!"

하왕은 자신이 공들여 쌓은 탑이 이대로 무너진다는 사실이 믿기지 않는지 몸을 덜덜 떨었다. 곧 날아온 여덟 개의 비수가 하왕을 지키던 호위 무사들의 목젖에 그대로 틀어박히면서 쓰러지고, 곧 간독이 손을 뻗어 하왕을 단숨에 제압했다.

"어떻게 이런 일이 벌어지긴. 멍청하게 밖으로 나갈 생각만 하지, 안으로의 유입은 생각지도 못한 게 너희들의 패착이니까 벌어지지."

"……!"

하왕은 두 눈을 부릅떴다.

간간이 탈출로를 확보하기 위해 내보냈던 병사들 틈바구니에 적의 간자들이 섞여 있었던 것이다. 만약 그들이 한 달여에 걸쳐 집무회를 충동질한 것이라면 절대 불가능한 일이 아니다.

사자군을 쓰러뜨렸을 때와 똑같은 방식으로, 자신들이 당해 버린 것이다.

"하, 하하하…… 하하하하하……!"

하왕은 이제 모든 게 끝나 버렸다는 사실에 허탈하게 헛웃음을 터뜨리고 말았다.

무신련은 포로들을 모두 구하고, 황군은 단숨에 고지대를 점령했다. 저항하는 자들은 모조리 척살하고, 투항하는 자들은 모두 포박한다.

그것으로도 모자라 혹여 있을지 모를 일에 대비해 군영을 샅샅이 뒤진다.

하지만 간독에게 이어진 보고가 다 끝났으리라 예상한 사태를 모조리 뒤집고 말았다.

"대영반과 학적이 없습니다!"

"뭐라고?"

불허사의가 다친 석대룡과 조철산을 치료하는 것을 보고 나오던 간독은 수하가 올린 보고에 두 눈을 크게 뜨고 말았다.

"포로들을 심문해 본 결과…… 그들이 자리를 비운 지 한 달은 족히 지난 듯합니다!"

한 달이라면, 포위가 시작될 때부터다.

그렇다면 진성황과 한유원은 대체 어디로 간 거지?

그때 주설현이 비명을 질렀다.

"그, 그럼……! 폐하가! 폐하가…… 위험해!"

*　　*　　*

"왔는가?"

황제는 옥좌에 앉아 고개를 들었다. 죽음의 위기가 바로 눈앞에 성큼 다가왔는데도 불구하고 한 점 흐트러지지 않는다.

척!

진성황은 대검을 아래로 늘어뜨렸다. 이곳으로 오는 동안 얼마나 많은 사람을 베었던 건지 칼날을 따라 피가 뚝뚝 흘러내렸다.

"옥좌를 내주시어야겠소, 기왕."

第十章

머나먼 꿈의 끝

　황제는 피식 웃음을 흘렸다. 자신을 호위하던 그림자들이 죽었는데도 불구하고 눈 하나 깜빡하지 않는다.

　"대체 어떻게 여기까지 온 것인가?"

　"선황을 바로 옆에서 모시던 게 바로 나였단 걸 그새 잊으셨소?"

　"아, 그랬었지."

　황제는 고개를 절레절레 흔들었다.

　"아무래도 내가 모르는 암로가 꽤나 많은 모양이군. 이 일이 끝나고 나면 단단히 점검을 해야겠어. 나중에 걱정이 되어 잠이나 잘 수 있겠는가."

"다음이 있다고 생각하시오?"

"그럼 없다고 생각하나?"

황제는 손에 깍지를 끼며 턱을 괬다.

"자네도 참으로 딱하구만. 천하의 대영반이 한낱 자객으로 떨어질 줄 누가 짐작이나 했겠는가? 어떤가? 지금이라도 짐을 섬기지 않겠나? 황룡을 옆에 두어야만 진정한 황제가 될 수 있다 하니, 짐 역시 그렇게 하고 싶네만."

진성황은 대답 대신에 황금색 서기가 감도는 대검을 들어 크게 내리쳤다.

쏴아아악!

대검에 맺힌 서기가 공간에 맺히는가 싶더니 황룡이 일어나 아가리를 크게 젖힌다.

황룡이 목을 물어뜯기 직전까지, 황제는 여유로웠다.

대신에 혀를 찬다.

아주 안타깝다는 듯이.

"권력이란 어찌 이리도 사람을 슬프게 만든단 말인가. 형제 간에 칼부림이 일어나더니, 이제는 숙질 사이에도 그러하니."

그 순간,

화르륵!

옥좌 바로 앞에서 불길이 거칠게 일어나면서 황룡의 목을 단번에 쳐 버렸다.

황금빛 서기가 물로 씻은 듯이 사라지고, 불길이 그 자리를 대신 메운다. 크게 번질 것 같던 불길은 달팽이 껍질 모양처럼 한 곳으로 빙그르르 모이더니 확, 하고 사람으로 변했다.

화도가 황제 앞에 서서 진성황에게로 검을 겨눈다.

진성황의 눈가가 딱딱해진다.

반면에 황제의 입가에 흡족한 미소가 번졌다.

"인사하게. 이번에 자네를 대신해 새로이 대영반에 임관한 이일세."

화도는 아무런 말도 없었다. 그의 발끝을 따라 불길이 몸을 타고 올라왔다가 검 끝에 살짝 맺힌다.

진성황은 침음성을 흘렸다.

"……결국 들키고 말았나?"

반란이 허무로 돌아가면서 한유원은 그에게 마지막 계책을 내놓았다.

장을 잡자.

연합군을 미끼로 황군을 최대한 끌어내 황도를 비우고, 황제를 암살하자는 내용이었다.

삼왕의 난을 계기로 황제가 칼을 빼 든 것은 자명한 일.

이미 여러 황족과 군벌들은 몸을 사리거나, 조정에 어찌해야 자신의 충성을 내보일 수 있는지 전전긍긍해하는 중이었다.

이 와중에 황제가 죽게 되면 각지에서 반란이 벌어질 터.

그런다면 황군도 사분오열되어 갈가리 찢길 것이 분명하니, 진성황이 다시 재기할 기회를 얻을 수도 있을 터였다.

그래서 한유원은 한 달이란 시간을 두었다.

하지만 그것도 모두 읽히고 있었던 듯하다.

화도가 이곳에 있다는 것은,

"학적이 있는 곳에…… 성아가 있나?"

화도는 말없이 고개를 끄덕인다.

진성황은 근심이 서린 목소리로 한숨을 내쉬었다.

"그런가? 이미 모두 끝났나?"

씁쓸함이 입가에 맴돈다. 아주 짧은 시간 동안 십 년은 족히 늙은 듯하다.

하지만,

고오오오─오!

진성황은 검병을 고쳐 쥐었다. 몸을 따라 황금빛 서기가 배광처럼 돋아나며 황궁을 환하게 밝힌다.

"조카가 얼마나 컸는지 확인하는 것도 나쁘진 않겠지."

팟!

진성황의 신형이 움푹 가라앉는가 싶더니,

촤촤촤촤촤!

매서운 칼바람이 불어닥친다.

화도는 묵묵히 검을 고쳐 쥐며 종대로 휘둘렀다.

한평생 진성황에 의해 얽매이고 그가 주는 압박을 못 이겨 도망치면서 살아왔던 몸.

이제는 그 사슬을 깨야 할 시간이 왔다.

사랑하는 아들을 위해서라도.

*　　　*　　　*

아무도 없는 적막 속.

한유원은 천천히 의자에 부착된 바퀴를 몰아 안쪽으로 이동 중이었다.

그가 천옥원에 있을 시절에 고안해서 만든 이것은 간단한 조작만으로 원하는 곳은 어디든 이동할 수 있는 편리한 도구였다.

다만, 오르막길이나 정리되지 않은 길을 다니는 건 어려웠다. 특히 층계를 오르내리는 일은 여간 고역이 아니었다.

그럴 때는 다른 장치를 만들어 불편함을 최소화시켜 볼까 싶었지만, 끝내 고개를 털었다.

사실 이 의자만 하더라도 걷지 못하는 사람들이 봤을 때는 아주 획기적일 물건이다. 그런데도 만족을 모르고 다른 것을 개발해서 쓴다면, 그네들의 고통을 영원히 모르게 될 터.

어쩌면 자신이 편해지기 전에 그런 이들의 불편부터 고치는 것이 자신에게 주어진 천명일지도 몰랐다.

'해야 할 것이…… 너무나 많구나.'

한유원은 눈에 비치는, 세상 곳곳에 숨은 불편과 이기들을 볼 때마다, 그것들을 자신이 극복해야 하는 숙제라고 여겼다.

장애를 갖고 있는 사람들, 가난한 사람들, 자식이 없는 노인들, 남편을 잃은 과부들, 부모가 없는 고아들. 그리고 꿈이 없어 방황하는 한량들.

그 모두를 구해야만 한다는 사명감이 있었다.

단순히 자신이 아니면 안 된다는, 그런 오만에서 시작된 사명감이 아니다.

그런 세상을 만들고 싶다는 꿈이 있기 때문에 생긴 사명이다.

하지만 그러기 위해서는 지금 세상 전반에 깔린 사상을 모두 뒤집을 필요가 있었다.

그러려면 아주 고단한 세월이 필요할 테지만, 천천히 진행하다 보면 언젠가 빛을 볼 날이 오지 않을까.

그리고 이것은 그것을 위한 걸음 중 하나다.

뚝.

황궁의 심처로 들어가던 의자가 갑자기 멈춘다.

분명 아무도 없건만, 한유원은 쓸쓸하게 웃으면서 한숨을 푹 내쉬었다.

"역시나. 이곳에 있었구나. 네가 아니길 그렇게나 바랐건만."

한유원은 어둠이 내려앉은 곳에다 시선을 던졌다. 따스하면서도 슬픔이 가득한 시선.

혼명을 익히고, 여러 진법을 전전하며 감각만큼은 날카로워졌기에 느낄 수 있었다.

곧 어둠을 따라 누군가가 천천히 걸어 나왔다. 무성이었다.

"저 역시 숙부님이 이곳에 나타나지 않기를 바랐습니다."

무성의 눈가에도 슬픔이 맺힌다.

"비켜 줄 수는, 없는 게냐?"

"많은 사람들이 다치게 될 일입니다."

무성의 뒤편에는 창고가 있다.

황궁에서 가장 많은 화약을 보유한 창고.

만약 이곳에 한유원의 접근을 허락해 버린다면, 지도상에서 자금성은 자취를 감추게 될 것이다.

나라의 심장이 부서진다면, 그 뒷일이야 불에 보듯 뻔한 일이 아닌가.

"군주는 무치인 법이다. 이제 강호를 다스리게 된 몸이 비켜 주지 못하는 이유가 사람들이 다쳐서라니…… 너무 나약한 그릇인 것 아니냐?"

"제게 사람들의 어려움을 얼러 주란 가르침을 주신 것은 숙부님이십니다."

"누군가가 다수를 다스리는 사상이 세상에서 사라지지 않는 한, 군주라는 단어가 휘두를 수 있는 힘은 절대 뿌리 뽑힐 수가 없다. 모두가 주인이고, 힘을 갖고, 제 목소리를 낼 수 있는 세상이 와야만 바뀔 수 있다."

"그렇다고 해서 그들이 스스로 쟁취하는 것이 아니라 누군가가 강제로 떠먹여 주는 한은 아무것도 제대로 이뤄지지 않습니다."

"걷는 법을 가르쳐 주고 먹는 법을 일러 줘야지."

"오만이십니다."

"그럴지도 모르지. 하지만…… 그것 외에는 방법이 없구나."

한유원은 진성황과 손을 잡아 혼란의 주범이 되는 강호를 정리하고, 그다음에는 군벌을 토벌하고, 황제를 퇴위시켜 차차 승상일부권을 확립시키려 했다.

그래서 무신련과 야별성이 사라지고, 초왕부와 기왕부가 몰락했으며, 황권은 다른 시대 어느 때보다 환하게 빛났다.

그래서 다른 어느 때보다 확실하게 개혁을 추진할 수 있었건만. 드디어 이천 년이 넘는 세월 동안 유교가 단단히 뿌리내린 이 세상에 묵가의 씨앗을 심을 수 있게 되었건만.

무성이 억새처럼 다시 일어나 모든 걸 흔들어 버렸다.

전혀 생각지도 못한 일이었다.

무성이 기련산으로 갔다는 사실은 알고 있었기에 추후 정국이 안정되고 나면 따로 불러서 여태 벌어진 일에 대해서 차근차근히 설명하려 했다.

그래서 용서를 구하려 했다.

그런데 이젠 모든 것이 부질없게 돼 버렸으니.

자신이 무성을 읽어 그를 궁지로 몰아넣었듯, 이번에는 반대로 무성이 자신을 읽었다.

청출어람이라더니.

지략에서도 계략에서도, 이제는 무성을 감당하기가 힘들 듯했다. 어쩌면 가슴에 품은 포부 역시도……

"지금 숙부님께서 하시려는 건 기만일 뿐입니다. 이제 그만하시고, 절 도와주십시오."

"기만이라. 그래. 기만…… 하지만 어쩌겠느냐."

한유원은 씁쓸하게 웃었다.

"그것이 내가 살아온 인생이거늘."

탁!

한유원은 오른손으로 팔걸이를 두들겼다.

두웅! 츠츠츠츠……!

마치 북을 세게 두들긴 듯한 소리와 함께 파문이 크게 그려지더니 공간이 일그러지기 시작한다.

진법이다.

무성이 그 속으로 빨려 들어간다. 그는 이를 악물었다.

이대로 검을 휘둘러 한유원을 벤다면 진법도 같이 무너질 것이나, 차마 그럴 수가 없다.

"이것으로 절 가둘 수는 없습니다!"

"안다. 하지만 발목을 잡을 수는 있겠지. 그 안에 모두 끝내고 돌아오마. 우리의 이야기는 그 뒤에 마저 하자꾸나."

쿵!

무성을 둘러싸던 어둠이 내려앉았다.

한유원은 다시 바퀴를 움직였다.

어둠 속에서, 무성은 고개를 들었다.

일전에 갇혔던 무무공허진과는 비슷하면서도 다르다.

흔히 진법에는 그 사람의 인생이 묻어난다고 한다.

모든 공부의 총아이기 때문에 그가 지닌 사상, 생각, 가치관 등이 모두 담겨 있다.

그 속에서 무성은 한유원의 인생을 엿보았다.

언제나 대의를 가슴속에 품었지만 번번이 좌절을 겪어야만 했고, 막상 날개를 펼치려 할 때는 꺾여야만 했다.

반면에 무성은 수없이 꺾여도 계속 일어나며 하늘을 올려

다보았다. 그것이 한유원을 자극했는지도 모른다.

자신이 걸어온 길에 자신의 발자취는 없었기에 어느샌가 그의 마음속에는 아집이란 덩어리가 생겼다.

그것은 어쩌면 질투라고 해야 할지도 모른다.

오로지 앞만 보고 달려왔고, 주변 사람들만 챙겼기에, 정작 자신의 인생에서 스스로의 존재는 없었다는 걸 깨달은 그가 이제 자신만의 생을 살려 한다. 발자취라는 것으로.

무성은 그것을 극복해 줘야만 했다.

손을 들어 높이 긋는다.

일결. 아니, 무결(無缺).

결의 마지막 남은 부분마저 일그러뜨린다. 한유원이 보인 모든 것을 받아들인다.

그렇게,

세상이 다시 열렸다.

끼익!

한유원의 바퀴는 얼마 움직이지도 못하고 멈췄다. 고개를 돌린 곳에는 무성이 서 있었다.

그토록 고민에 고민을 거듭하며 만든 것이었건만.

어떻게……?

하지만 무성은 대답 없이 천천히 다가오더니 한유원을 가만히 끌어안았다.

"외로우셨군요."

한유원은 얼음장처럼 굳어 버렸다.

"숙부님께서 말씀하시지 않으셨습니까? 앞만 보고 달리지 말라고. 그래서는 닫힌 세상에 살게 될 것이라고. 그러니 주변을 둘러보라고 하셨습니다. 지금 그 말, 고스란히 돌려 드리겠습니다."

"……."

"주변을 둘러봐 주십시오. 숙부님을 기다리는 사람들은 여전히 많습니다. 그들과 함께 천천히 바꿔 나가면 안 되겠습니까?"

복수에 미쳐 있던 시절. 세상이 원망스럽고 독기만이 남아 있던 시절. 무성을 구제해 준 것은 어느 이름 모를 선비였다.

자신 역시 언제 죽을지 모르는 위기에 내몰린 상황에서도 어떻게든 아이의 갇힌 사고관을 트여 주려 노력했고, 아이가 방황하지 않도록 넓은 세상을 보여 주며 바른 길로 인도했다.

그리고 마지막까지 자신을 돌보지 않고 아이를 가슴에 품었으니, 이제는 그 아이가 어른이 되어 이곳에 있다.

어른이 된 아이는 이제 주변만 챙겼을 뿐, 정작 본인의 인생에서 그 자신은 없었던 선비를 품어 주려 한다.

그가 아이를 구해 주었듯이, 이제는 어른이 돼 그를 구해 주고 싶었다.

무성의 간절한 마음은 결국 한유원에게도 전해졌다.

"숙부가 되어서…… 참으로 못난 짓을 저질렀구나."

"숙부님."

무성은 왈칵 쏟아지는 눈물에 한유원을 더 세게 끌어안았다.

이제 모든 것이 끝났다.

안도의 한숨을 내쉬려는 바로 그때였다.

콰콰콰콰콰콰―쾅!

갑자기 지하에서 엄청난 굉음이 들리더니 창고 쪽에서 커다란 불길이 치솟기 시작했다. 한유원이 건드리려 했던 바로 그 화약이다.

무성과 한유원의 눈길이 그쪽으로 향한다.

"그럴 리가……! 아직 아무것도 하지 않았는데?"

무성은 한유원의 반응을 보고 원인을 찾기 위해 주변을 빠르게 훑었다.

그때 머릿속으로 화도의 다급한 심어가 파고들었다.

『큰일 났다! 숙부님이……! 대영반이 싸우다 말고 갑자기 그쪽으로 이동했어!』

진성황이다!

"대영반이 이곳의 구조를 알고 있습니까?"

한유원도 그제야 원인을 깨닫고 다급하게 고개를 끄덕였다.

"모를 수가 없다. 내게 이곳을 가르쳐 준 이가 바로 그였으니."

"화약은? 이곳에 보관된 화약의 위력은 얼마나 됩니까?"

"여기뿐만 아니라 다른 암로로도 연결된 탓에…… 자금성은 물론 황도까지 불바다에 잠길 것이다."

"그런!"

태조 때에 설치된 이 화약고는 외적에 의해 나라가 위험에 빠졌을 시에 공멸을 위해 설치를 해 둔 것이었다. 그곳의 뇌관을 건드렸다간, 수백만이 살아가는 황도가 쑥대밭이 될 터였다. 아니, 당장 황도를 거론하지 않더라도 황궁에 머무는 환관과 궁녀 등의 숫자만 하더라도 만 단위가 넘어가니 끔찍한 인명 피해를 막을 수 없다.

일단 이곳도 위험하기에 무성은 한유원을 끌어안고 재빨리 땅을 박찼다.

콰아아아—앙!

지면을 뚫고, 하늘 높이 치솟는다.

지상에는 벌써 혼란이 벌어지고 있었다.

땅이 무너지고, 담장이 흔들린다.

갈라진 땅의 균열 사이사이로 화광이 번뜩인다. 당장에라도 불길이 치솟을 태세였다.

궁인들은 일제히 비명을 지르면서 달아나는 중이었다.

기왕이 호인들을 데리고 황궁을 함락한 지 일 년이 채 되지 않은 판국에 이런 혼란이 벌어지고 말았으니.

한유원도 지상에 벌어지려는 참사를 보고 입을 꾹 다물었다. 저 난리를 자신이 일으키려 했다는 사실을 깨닫고 나니 등골이 서늘해졌다. 입마란 것은 무인에게만이 아니라 문인에게도 똑같이 적용되는 것이었다.

"막을 방도는 없겠습니까?"

"이곳의 화약은 화화멸진(火火滅陣)이란 것으로 구성된다. 진축은…… 바로 저기."

한유원은 진법을 빠르게 읽어 가다가 어느 지점을 손으로 가리켰다.

종묘가 있는 곳이다.

역대 황제들의 신위를 모신 장소.

"할 수 있겠느냐?"

"해야지요. 막으려면."

황도를 덮칠 만큼 끔찍한 진법이라 과연 부술 수 있을까 싶었지만, 무성은 이를 악물었다. 영통안을 떠서 종묘를 모두 샅샅이 뒤지고, 진축을 찾아 검지와 중지만을 편 검결지로 짚는다.

그것을 세게 내리쳐 공간을 도려내려는 순간,

콰아아아아아—앙!

"진무서어어어어어엉!"

갑자기 거대한 불기둥이 화산처럼 종묘 한가운데를 뚫고 높이 치솟는다. 그 끝에는 검붉은 빛으로 타락해 버린 용이 한 마리 들어 있었다.

이글거리는 눈을 하고서 진성황이 이쪽으로 날아온다.

진성황은 이제 이성을 잃고 자신의 모든 것을 날려 버린 데에 대한 원한만을 부르짖고 있었다.

입마다.

주화입마.

한유원이 겪었던 것을 똑같이 겪으며 영혼을 불사르는 것이다.

무성은 그가 바로 화화멸진의 진축이란 걸 깨달았다.

"이만 눈을 감으시오, 대영반."

무성은 검결지를 아래로 내렸다.

한유원이 일러 준 묵혈관법의 최종 비기, 무결을 따라서.

終章

혼란은 예상했던 것보다 훨씬 빠르게 종식되었다.

강남에서 일어난 반란은 단번에 진압되었고, 하왕은 반역자가 되어 저잣거리에 목이 걸렸다.

주설현은 황군을 끌고 혼란스러운 강남 일대를 순방하면서 구휼미를 풀어 마을을 재건하는 등 백성들을 어루만지는한편, 군벌과 호족들은 무력으로 진압하면서 추후에 있을 반발에 철저히 대비했다.

특히 옆에는 현무군이 언제나 따라다니고 있어, 유화와 방소소가 그녀에게 많은 조언을 해 주었다. 덕분에 강남은 빠른 속도로 복구되면서 주설현을 칭송하는 목소리가 나날이 커졌다.

무신련이 다시 낙양에 똬리를 틀었다.

강호 각지에 지부와 분타가 빠른 속도로 들어서고, 전란으로 무너진 많은 문파들이 거대한 우산 속으로 들어오길 자청하면서 탄탄한 체계가 만들어졌다.

불허사의의 적극적인 치료로 다시 움직일 수 있게 된 조철산과 석대룡은 다시는 귀병과 같은 자들이 나타나지 않도록 각별히 힘을 썼다.

귀병가는 간독의 주도에 따라 다시 음지로 들어갔다.

정보 조직으로서 곳곳에 귀를 틔고, 황궁과 무신련의 연결고리가 되어 혹시 있을지 모를 충돌이나 반발에 대비했다.

진성황이 죽고 남은 대영반 자리는 화도에게 위임되었으나, 다시 화도가 군문에 재수할 시절 아꼈던 자에게 물려주는 것으로 일단락되었다.

또한, 남은 사신인 문선과 대모는 어느 순간 자취를 감추어 다시는 모습을 비추지 않았다.

황궁은 빠른 속도로 복구되고, 황도는 재건되었다.

황도를 휩쓸려 했던 거대한 불기둥은 마치 옛일처럼 잊혀졌다.

*　　　*　　　*

"정말 이대로 떠날 참인가?"

황제는 안타까움에 찬 얼굴로 무성을 보았다.

"짐에겐 원자가 없네. 그대가 원한다면 얼마든지 이 자리를 내어 줄 수 있을 것을."

절대왕권을 쟁취하며 언제나 신하들을 두려움에 떨게 만드는 황제였건만, 떠나려는 무성을 보는 눈빛에는 안타까움만이 가득 차 있었다.

무성은 가만히 웃었다.

"폐하께서는 지존의 자리에 앉아 천하를 굽어 살피시옵소서. 소신은 그곳 어딘가에 서서 폐하께서 다스리는 세상을 구경하고, 다스림이 미치지 않는 곳에 온기가 스며들 수 있도록 힘을 쓰겠나이다."

황제가 쓰게 웃었다.

"그런 식으로 짐을 괴롭히겠단 뜻이렷다?"

무성은 말없이 고개를 숙였다.

황제는 한숨을 내쉬었다.

"그대의 뜻이 그리도 확고하다면 어쩔 수 없겠지. 하면 한 가지만은 약속해 주게."

"말씀하시옵소서."

"자주 이곳을 찾아 주게. 세상을 구경하거든, 그곳의 세상이 어떠한지 짐에게 일러 주게. 그래야 짐도 놓치는 것이 있지 않나 확인할 수 있을 터이니."

"알겠사옵니다."

무성은 그렇게 예를 취하고 퇴궐했다.

*   *   *

따스한 햇볕이 무성을 맞는다.

이제 모든 것이 끝났고, 다시 새로운 것이 시작된다는 사실이 마음을 들뜨게 만든다.

정문에는 어느새 말벗이 된 화도와 한유원, 그리고 남소유가 서 있었다.

한유원은 새롭게 만든 의자에 앉아 물었다.

"이제 시작할 참이냐?"

"예."

무성은 고개를 끄덕였다.

그가 품은 뜻은 간단하다.

천하순방.

조정과 무신련이 있어 세상을 올바르게 경영하려 할 것이나, 황제에게 뜻을 내비쳤듯이 눈길이 닿지 않는 곳이 있을 것이다.

잘못된 것이 있으면 바로잡을 생각이었다.

작은 것부터 천천히.

하나부터 차근차근히.

밑에서부터 조금씩.

이것이 묵가에서 말하는 가르침이 아니던가.

그리고 무성이 이런 속뜻을 내비쳤을 때, 화도와 한유원이 따라가겠다고 나섰다. 한평생 떠돌아다녔던 화도는 이제 아들의 곁에 있길 원했고, 한유원은 희망의 씨앗을 세상 곳곳에 심기를 바랐다.

남소유는 그저 무성의 옆에만 있으면 족하다고 했다.

"이 넓은 강호를 돌아다니려면 시간이 꽤 많이 걸리겠구나."

화도가 싱긋 웃는다. 무성도 따라서 웃는다.

"어차피 우리에겐 시간이 많지 않습니까?"

"그렇지. 하면 가자꾸나."

"예."

화도와 한유원이 앞장서서 걷는다.

무성과 남소유는 잠깐 눈이 마주쳤다가 서로 마주 보며 웃었다.

그렇게 새로운 강호행이 시작되었다.

〈완결〉